いつか海の見える街へ

須賀　渚

幻冬舎
MC

いつか海の見える街へ

目次

宵祭り　4
未来の船　10
花の棘　23
一歩　38
うわさ　54
それぞれの苦悩　63
思いがけないこと　72
森の中の病院　82
農学部でのキャンパスライフ　93

秋のパスタ 99
幸せの灯り 106
未来の選択肢 112
喫茶店「こもれび」 120
髪型を変えて 129
Iターン 137
ターニングポイント 144
海に沈む夕日 156
長崎への旅 167
出航 179

宵祭り

まだ宵の口だった。

サラリーマンが三人、元気な酒を交わしていたが、やがて腰を上げた。

居酒屋「およし」の客は、カウンターの孝介だけになった。

客の食器を片付けながら、よし子が声をかけた。

「この前、本町通りで孝さんを見かけたわ。朝早くトラックに荷物を積んでたの。孝さんは仕事をしているときもブスッとしてるのねえ。ここに居るときだけじゃないんだって安心しちゃったわ」

「あんなに早く、朝帰りか」

「やあね、朝帰りだったらもっと遅いわよ」

冗談にはぐらかしたが、孝介にとって仕事中の顔を見られたのは不本意だった。

雰囲気を察してよし子は話題を変えた。

「今日は縁日ね。ちょいと、お参りに行きましょうか」

「客を逃すぞ」

「たまには息抜きも良いでしょ」

孝介は、この歳で縁日などと思いながらも、立ち上がった。

よし子は灯りを消して鍵をかけると、弾むような足取りで孝介と並んだ。

夜店は孝介の故郷の祭りと同じだった。

綿菓子、金魚すくい、ハッカパイプ……

浴衣を着た女の子が孝介とよし子の間をぶつかりながら走り抜けていった。

「すっかり夏だわ、浴衣を売ってる」

ビニールシートを敷いた上に下駄や帯を置き、横のパイプには仕立て上がった浴衣がずらりと吊るされている。

子ども用のパイプは花が咲いたようだった。

娘の由布子が浴衣を着たのは三つくらいだったか。祭りに行ったが、孝介に抱かれている方が多かった。由布子を抱いたときの浴衣のシャキッとした感触を思い出した。

「娘さんいくつだったかしら」

「八つ……かな」

よし子に子どものことを話したことはなかったが……

よし子は子ども用の浴衣を一つ手に取ると、笑顔になった。

「これ、かわいいわ。今度帰るときのお土産にしたら？」

孝介が黙っていると、店の親父さんを呼んだ。

孝介はポケットから財布を出しながら、ポールに下がっていた大人用の浴衣を取り、これも一緒にと親父さんに渡した。


夜店を一巡りしてから神社に参り、店に戻った。かすかに酒の匂いがこもっている。

「歩き回って結構のどが渇いたわ」

孝介の前にグラスを置きながら言った。

「私の小さいときの浴衣も金魚だったの。つい懐かしくなって、おせっかいだったわ」

孝介は紺地にとんぼが染め抜かれた浴衣を袋から出して、よし子の前に置いた。

「奥さんのお土産でしょ？」

「いや、あんたにだ。子どものを選んでもらったから。俺だけじゃ思いつかなかった」

「そんな……」

「いつか着たところを見たい」

「孝さん……」

よし子がいきなり胸にぶつかってきた。

袋から飛び出した浴衣の金魚が、薄明かりの店の床で、生き返ったように浮き上がった。


梅雨が明けると真夏日が続いた。孝介が現場から戻ると、社長が一杯付き合ってくれと言った。

みんなが引き払った後、社長に連れられて行ったのは「およし」だった。

よし子がお絞りを渡しながらさりげなく言った。

「珍しいのね、社長と孝さんの二人連れなんて」

「今夜は仕事の難しい話なんだ。よし子を構ってやれないから」

「何よ、その言い方、どうぞごゆっくり」

よし子は社長の肩をポンとたたいて離れていった。

社長はお絞りで顔を拭きながら、よし子とは中学が一緒だったのだと笑いながら言った。

「ところで、孝さん、ここへ来て何年になるかな」

「六年ですかね」

「そうか、初めは行ったり来たりしてたんだな」

　粟本工業は現在のところ、社長の下に五十代半ばの村木、そして孝介と二十代になるかならぬの若者二人、外国人労働者を雇うこともある。

　その村木が先月体を壊して入院した。

「村木も胃に穴が空いたんじゃあ無理は利かないだろう。孝さんにもっと負担がかかるだろう。そのつもりでいてほしいんだ。まあ、今でも孝さんが現場は取り仕切ってるんだがな」

「現場のことは今まで通りやりますよ」

「そう、頼んだよ。それで一つ相談だが、この際奥さんと子どもをこっちに呼ばないか」

「なんでまた急に……」

「いや、一人より家族がいる方がどっしり落ち着くんだよ」

「誰がですか」

「誰がって、そりゃ孝さん、あんたがだろうよ。それに周りの目も所帯持ちの男の方が信用できる」

「俺は信用できないですか」

「いや、孝さん、絡むなよ。例えばって話なんだから。とにかく孝さんは奥さんや子どもがいるんだから、一緒に暮らした方が良い。子どものためにもな。今度帰ったら奥さんに話してみないか」

孝介は娘の由布子を思い浮かべた。真っ赤なトマトを一つひとつ宝物のように並べるあの子が都会に馴染めるか。

百姓仕事しか知らなかった孝介に、土木のコツを教えてくれたのは、監督の村木だった。初めは農閑期だけ来ていたのに、居っきりになったのも、村木の人柄に引かれたのもある。

先週、村木を見舞ったが、かなりやつれていた。村木の現場復帰までにはかなり時間がかかるだろう。村木には恩がある……

社長と別れて時間を潰し、「およし」へ戻ったら十一時を過ぎていた。すでにでき上がった客もあって、店の中は賑やかだった。カウンターの隅に座るとよし子が突き出しを置いた。

「深刻だったのね」

目の縁を赤くした表情が一瞬孝介に絡みつき、離れていった。

店の二階はよし子の住居になっている。店を閉めた後、孝介が一時そこで過ごしても、朝まで居ることはめったにない。

そんな律義なところがいいんだ、無口なところが好きなんだと思いながらも、心の中に不満が残る。

その日の孝介はいつにも増して口数が少なかった。

未来の船

あごの下まで布団を引き上げてじっと目をつぶっていた。もうずいぶん時間が過ぎた気がする。由布子の寝つきの悪いのはいつものことだ。と、その時カタカタカタとかすかな音が聞こえた。初めは頭の中で鳴っているような気がしたが、それは枕の下から来る音だと分かった。じっとしていると、ふと消えた。

隣の部屋で母の気配がして、ああ母さんも寝るのだなと思っているうちに、眠りに引き込まれていった。

翌朝、母に音のことを話した。

「列車の通る音でしょ」

母の美智子はこともなく言った。列車の通る土手は、歩いたらここから三十分はかかる。そんな遠くの音が聞こえるだろうか。

「遠いのに？」

「夜中は静かだから地面を伝わってくるんじゃないかしら」

その日、由布子は教室の窓から土手に続く木立を眺め、夜中に列車の音が地面を波のように這ってくるのを想像した。

帰宅すると父がいた。由布子にとっては、いつも父さんの帰りは突然だ。

「おかえり！　父さん」

「おお、ただいま、由布子、元気にしてたか」

「父さん、列車に乗ってきたの？」

「うん、列車に乗ってきたよ」

「私ね、父さんが乗った列車の音を聞いたよ」

「どこで？」

「昨日の夜、枕の下からカタカタカタカタって」

「ほお、そうか、この辺りは静かだから聞こえるかもしれんなあ」

孝介は縁先からずっと広がってゆく深い緑の山々に目をやった。


始業式の日、由布子の学校に転校生が来た。

「江東区から来ました。清水遼です」

ピンと背中を伸ばして言ったので、みんなもピンと背中を伸ばしてしまった。

「江東区は広い川があって、海も近いぞ」

先生の言葉で、由布子の頭の中に、コートークという言葉がスッと入ってきた。

父さんのいるところだ。母さんが、手紙の裏を見ながら言ってた。

もしかしてこの子、うちの父さんを知っているかな……

そう思うと由布子は遼に無関心でいられなくなった。席は由布子の斜め前。長めのサラサラした髪、半ズボンから出ているまっすぐな足。すぐにみんなと馴染んで、校庭を走り回っている。

父さんの暮らす東京はあんな子がいっぱいいるのだろうか。

図工の時間に先生が行ってみたいところの絵を描こうと言った。

みんな大喜びだった。前に行った遠くの遊園地、父さんに連れていってもらったサッカー場、デパート、次々元気な声が上がった。

「なんだ、小さいのう、もっと大きな夢はないのか。アメリカとか宇宙旅行とか」

先生は大げさにがっかりして見せた。

画用紙が配られると、宇宙船を描く子やゲームの世界を描き始める子も現れた。

由布子は何も浮かばなかった。この町以外では、母さんと行った街のデパート。行ってみたいところは父さんのところ、海が見える……

先生が遼の後ろに立って、東京かと聞くと、ハイという返事が聞こえた。東京が好きかと聞かれ、うなずいているのが分かった。

由布子が伸び上がって見ると、ビルと高速道路。その道を色とりどりの自動車が走っている。あんなに車が……

由布子は思い立って青いパステルを取り上げた。いつか行きたいところ……

「おお、由布子は海へ行きたいか。由布子の絵は色がきれいだ」

先生の言葉に元気が出て、由布子はますます絵の中に入り込んでいった。

「バカだあ、こいつ。こんなオレンジや緑の魚が海にいるわけねえだろ」

突然後ろの席から声がした。

その声にみんながわっと由布子を取り囲んだ。

パステルブルーの海の中に、ありったけの色の魚が体に模様をつけて泳いでいる。

きれいだあと言う子も、ありえねえと言う子もいて、教室が大騒ぎになった。

「いいじゃないか、由布子は想像の海を描いているんだから」

先生がかばう。

ソーゾーじゃない、コートーの海だ……

それから船を描いた。白いパステルできっちり塗った。

甲板に父さんと母さんと由布子が立っている。

「何だあ、由布子は船に車までつけてるぞ」

みんな大笑いだった。先生も笑った。

由布子の耳が真っ赤になった。ちょっと自棄になっている。

グレーのパステルで大きな羽を二枚つけた。

遼が席を立ってきた。

「面白い船だ。未来の船だね。それに東京の水族館にはこういうきれいな色の魚がホントにいるよ」

由布子は涙が浮かんできて、こぼれないようにじっとしていた。

一か月が過ぎたころ、学校から帰った由布子がちょっと得意げにプリントを出してきた。

「由布子の絵が市民ホールに展示されるの。学校で六枚選ばれたんだって。先生が家の人に連れてってもらうと良いって言ってた」

「ゴールデンウィークの農家はそれどころじゃないわ」

母親の美智子の言葉に、由布子の肩がスッと下がった。

「何、選ばれたって？　そりゃあ見に行かなくちゃあな。よし、こどもの日に行こう」

田植えの作業に東京から戻っていた孝介が声をかけた。由布子は目を輝かし、父さん約束だよと声を弾ませ飛び出していった。

「こどもの日は本家の田植えよ」

「半日、出かけるって言うさ」

「そんな……三日は次郎さんとこの田、四日はうちの田って、決まってるじゃないの」

「機械があるんだから人手は前ほどいらないだろ。うちだって美智子と俺だけでやれないことはないぞ」

「そういうことじゃないわ。それから後の手入れだって、結局兄さんたちがやってくれているのに。うちだけ家族揃って出かけるなんて、何言われるか分からない。いいわ、本家の手伝いは私が一人でやります」

「由布子があんなに喜んでるんだぞ。半日ちょっと出たっていいじゃないか。町じゃあ何をするのも家族が一緒だ。女だからって留守番なんかしない。みんなもっと時間をうまく使ってるぞ」

美智子の表情がさっとこわばった。

孝介はしまったと思ったがもう遅い。お前も少し力を抜いたらと言うつもりだったのだが、そうは取らなかったようだ。

私は都会の女みたいに気が利きません。取りつく島もない背中を見せて庭に降りてしまった。

今回は、一緒に東京へ行くことを言い出す機会を考えていたのだが。チャンスを逃した……


こどもの日はこいのぼりが喜ぶような青空の天気だった。

まず、ガソリンスタンドに寄った。

「孝さん、珍しいなあ。娘さんと一緒か」

声をかけてきたのは幼馴染だった。

「由布子の絵がな、市民ホールに展示されてるから見に行くんだ。親バカさ」

「へえ、血は争えないな。お前も高校のとき美術展に出ただろ」

「小学生の絵だよ。関係ないだろ」

「いいや、そうとばかりも言えんぞ。そうか美智子も美術部だったな。お前じゃなくて母ちゃんに似たのか」

幼馴染は冷やかし半分に笑って、トラックを走らせていった。

助手席に乗った由布子はご機嫌だった。

「父さん、市民ホールまでの道を知ってる？」

「どうかな、忘れたかもしれない。教えてくれるか」

「えっ、どうしよう……」

由布子は本気にして、心配そうな表情をする。そして母さんも来れば良かったのにとポツリと言った。

「何の絵を描いたんだ」

「海の絵」

「由布子は本物の海を知らないだろう」

「想像の海だもん」

「そりゃあすごい。海を想像で描いたのか」

「さかなも船も描いたよ」

「そうか。由布子は本物の海が見たいか？」

「うん、見たい！」

「そうだな、由布子を海へ連れていくぞ」

「約束ね！」

両手を弾んだようにたたいた。

由布子の指は細くて長い。爪の横幅が広い。俺の指とそっくりだ。孝介の視線を感じたのか、由布子は孝介のズボンのポケットに右手をスッと滑り込ませた。


連休が終わって、村にはいつもの静けさが戻ってきた。田植えが済み、あとは水の管理をしながら順調な成長を見守るばかりだ。

田植えの仕事が一段落し、それぞれ手伝いの者は帰ってゆく。

孝介も東京へ戻る準備をしていた。

今回帰ったのは、家族を東京へ連れてゆく準備もあったからだ。

本家に行き、兄に事情を話すと、田の世話は兄が承知してくれた。

孝介が妻子を連れてゆくと言うと、それが良い、家族は一緒に暮らすものだ、田は俺たちでやるから大丈夫だと言ってくれた。

ただ、この秋の収穫までは予定通りの段取りで行こう。美智子と由布子を連れてゆくのはその後にしてくれと言われた。

それから冗談のようにつけ加えた。

「戻りたくなったらいつでも帰ってこい」

孝介は内心ではそんなことはありえないと思ったが黙っていた。


肝心の美智子に言い出すチャンスが来なかった。

孝介には、美智子が田舎で暮らすのと東京へ出るのとどちらが幸せか判断がつかないのだった。だから確信を持って行こうと言えない……

東京へ行く日が来てしまった。

孝介は美智子に始発の電車に乗るので駅まで車で行き、駅の駐車場に入れておくから、あとで取りに行ってくれと言った。

夫の言葉は、美智子を何重にも傷つけた。孝介がこのまま家にいるとは思わなかったけれど、東京での仕事に何か思い詰めているようだった。それなら家から通えるところに仕事を見つけることだってできるはずだ。そうやって畑仕事は年寄りや女に任せている家は多い。

孝介はやはり東京が良いのか。

東京には、村の仕事も私も由布子でさえ引き留められない何かがあるのか。行かないでほしいと、孝介にぶつけられない。自分自身のプライドの高さも持て余していた。

それにしても始発に間に合うように駅まで送ってくれと言わず、あとから車を取りに行ってくれとは。

私に送られるのが嫌なのか。

そんな風に邪推する自分も嫌だ。

五月の夜明けの空気は肌に冷たく、キーを回すとエンジンの音も鋭く感じられた。車を発車させた。孝介のハンドルさばきは確実だった。無駄な動きがない。ハンドルに手を乗せて静かだった。

「一緒のところを見られたら間が悪いだろう。俺を送り出して平気だったとか言われて。

勝手に出ていったことにしたかったんだ」

「そんなことに気を遣う人が、本家の田植えを手伝わないで平気なんて、不思議」

「義理や筋より由布子がかわいい」

「そんな風に考えたらここではやっていけないのは、あなたの方が分かってるのに」

駅前のロータリーの隅に車を止めた。

「東京に来ないか。由布子と一緒に東京に来て、三人で暮らさないか」

突然の孝介の言葉に、美智子は思考停止の状態になった。

なぜ、今、ここで……

すぐに降りようとはせず、おもむろに美智子の顔を見て言った。

「本気なんだ。いろいろ考えたんだ。美智子も考えておいてくれ」

電話をするからと言って、足早に駅舎に消えた。美智子はハンドルを回して少し発進させ、上りホームが見える位置に止めた。跨線橋を歩く孝介が見えた。うつむいた横顔には高校生から二十歳を過ぎたころの孝介の面影が十分に残っていた。生真面目で一本気《いっぽんぎ》な、美智子の好きな孝介。

　また孝介と暮らす。知らない都会でも一緒に暮らせる。こんなところで言い出すなんて、孝介も考えあぐねていたのかもしれないけれど……

もっと真正面から話したかったのに。美智子は取り返しのつかない思いでハンドルを握り締めていた。


休暇を終えて孝介が出勤すると事務所に社長が居た。

「どうだった、承知したか？」

孝介はニヤリと笑いながら両腕でバツを作った。

「なに！　ダメだったのか」

孝介は顔を緩めたまま何も言わなかった。

「尻に敷かれてるんだなぁ……」

周囲に人もあったせいか、社長は呆れたように言って、奥へ引っ込んでしまった。


孝介はまず引っ越すことから始めた。

今までの一間のアパートから、二間に風呂とキッチンがついたくらいのマンションを探した。

孝介は珍しく何回も美智子と電話で話した。

試しに出てきて、性に合わなかったら戻ってもいいから、何だったら期限つきでもいいなどと、孝介らしい几帳面さが美智子の気持ちを緩ませていったようだ。

稲刈りに戻った孝介とさらに話し合い、兄にも勧められてようやく美智子の気持ちが動いていった。

花の棘

秋は駆け足で通り過ぎていった。

世間の景気の悪さは、小さな居酒屋「およし」にもちゃんと伝わってくる。バブルのころ札びらを切っていた客は、最後のつけを踏み倒したまま姿を見せない。

顔役だと自慢していた客のところに集金に行ったら、半分だけよこして、取り立てに来るような店は馴染みにはできないと嫌味を言われた。会社の接待もめっきり減った。

でも、よし子はそれで十分だった。仕事帰りの男たちがちょっと立ち寄り、昼間の顔から自分を取り戻し、家族向けの顔になる。

「およし」はちょうど句読点のような役目だ。

客たちはカウンターに座り、熱いお絞りで顔をぬぐう。するとたいていほっと肩で息をつく。よし子はそんなときの男たちが好きだ。

突き出しと好物のつまみで銚子を二本か三本、頃合いを見て目が合うとよし子は熱い茶を出す。

「飲み屋のおかみに茶を出されちゃなあ」

たいていの客は、笑いながら茶漬けを食べて仕舞いにする。

こんなうまい漬物を出すようじゃあ歳が知れるよと、憎まれ口をたたきながら腰を上げ、昼間の顔にけりをつけるようだった。

そんな順調な日々だったけれど、孝介の足が遠くなっているのだけが淋しかった。

孝介の会社の若い人たちが飲みながら話していたことを小耳にはさんだ。

孝介が引っ越したこと。社長に家族を呼べと言われたことなど。でも孝介は飲みに来ても何も言わなかった。そういえば二階に上がったのはずいぶん前だった……

その日は夕方からやけに冷え込んでいた。よし子はいつもより心持ち燗を熱くした。賞与の話も年越しの話題もさして景気は良くなかったが、年末に向けて張りがあるようで、店内は活気があった。

「おっ、雪になった」

帰りがけの客の声に、みんな戸口を見た。

いつもより早く客足が途絶えたのを機に、よし子は看板の灯を消した。暖簾を仕舞いに表へ出ると、さっと粉雪が顔を撫でた。

初雪ねと、独り言を言いながら暖簾を巻き、顔を上げた。

遠くに人影があった。

「孝さん……」

遠いのに、孝さんだとはっきり分かる。

「もう仕舞いか」

「雪だから……」


カウンターに座ると熱いお絞りでゆっくりと手を拭った。

烏賊墨《いかすみ》ときんぴらとおでんと。

孝介の好物が並ぶ。熱燗とお猪口は二つ。

「残り物よ」

「うまい……」

ずいぶんご無沙汰だった……

ちょっと寄りかかった孝介の肩が温かい。

居るというだけ。たわいのない話。もうすぐ今日が終わる。

「ありがとう、温まった」

立ち上がった背に、よし子はそっと声をかけた。

「孝さん……」

振り向いた孝介の胸に手を当てて背伸びし、唇を重ねた。


お正月を過ぎてよし子は熱を出した。丈夫なのが取り柄、バカは風邪をひかないと、いつも自慢していたのに。

三が日、店を休んだので気が抜けたのか、ちょっとの間、風呂上がりに素足で流しに立ったのがいけなかったのか。

卵酒《たまござけ》を作ったり葛根湯《カッコントウ》を飲んだりしたが、なかなかすっきりしなかった。店を開けても冴えない顔をしていたのだろう。

「田中先生のところに行ってきなよ」

と、客に言われてしまった。

「あの先生、注射打つから。子どものときから怖くて、嫌いなの」

「今はめったに注射なんか打たないよ」

寝れば治ると強がりを言ったが、お客にうつしたらいけない。店を開けられなくなったらもっと困る。ようやく重い腰を上げた。


路地を少し入って、大きなガラス戸を開けると、スリッパが並んでいる。床はいかにも年季が入っている。こんなに古い街医者がまだあることが不思議なくらいだ。老先生が元気だからか。

長椅子に腰を下ろして目をつぶった。薬のにおい、診察室から聞こえてくるカシャッと金属の触れ合う音、子どものころからお医者さんに来ると母の隣で小さくなっていた。注射を打たれませんように。苦い薬が出ませんように。

表のガラス戸が開いて、よし子と同じ歳くらいの女が入ってきた。ジーパンにダウンを羽織っている。近所の人のようだが見知った顔ではない。化粧気はないが、きめの細かい肌が顔立ちを引き立てている。

受付の窓から小さな声をかけた。

「先ほど伺った藤原ですが、保険証を持ってきました」

「藤原孝介さんですね。おかけになってお待ちください」

女は、よし子に会釈をして隣に腰を下ろした。

やがて看護師が姿を見せた。

「藤原さん、これが処方箋です。向かいに薬局がありますから。先ほど点滴を打ったので、薬は夜から服用してください」

「はい、分かりました。何も言わずにすぐに眠ってしまって……」

「眠ると楽になるでしょう。あっ、その靴箱の上のヘルメット、置いたまま帰られたようです」

「まあ、こんな大事なものを、すみません」

「現場からいらしたのですね。よほど辛かったのでしょう。お迎え呼びましょうかと言ったのですが、大丈夫ですって言われて」

女は、手渡されたヘルメットをそっと腕の中に抱えた。

その瞬間、よし子はヘルメットが孝介の頭に見えた。頭が女の腕の中に抱えられた。

ふっと血の気が下がって、ソファーに横になった。

「どうしました？」

看護婦が急いでよし子の脈を取った。

その横に肌の美しい女がいて、孝介の頭を抱え、心配そうによし子を見ていた。


春が来て、まわりの空気が優しくなった。

その日もからりと晴れ上がって、日差しが明るかった。

よし子は仕込みを済ませてから、店の中に風を入れた。

昼下がりの静かな通りは、ぽっかり真空みたいな気配になる。

そのとき、パラパラと子どもたちが走ってきた。男の子ばかり三人、ランドセルを背負って、後ろを振り向きながらはやし立てている。

そこへ風のような塊《かたまり》が路地から飛び出してきて男の子の一人に体当たりした。不意を食らった子は尻もちをついた。

男の子たちは、「わあっ」と声を上げて大騒ぎになった。

塊は小柄な女の子だった。

倒された男の子は猛然と起き上がると、女の子に飛びかかった。顔を真っ赤にして殴りかかる。女の子に倒されたのがよほど悔しかったのだろう。

女の子は頭を抱えるようにしてしゃがみ込んだ。

よし子が止めようとして男の子の腕を掴んでも、蹴ろうとして足を上げる。

「あら、血が出てる」

よし子の声に子どもたちはびくっとした。

子どもたちは血を怖がる。本当に女の子の腕に血が滲んでいた。

男の子たちはあっという間にいなくなった。

「お薬つけてあげるから、いらっしゃい」

立ち上がらせ、背中をそっと押して店の中に入れた。

椅子に座らせてから薬箱を出し、傷口を消毒した。

女の子は初めて目を閉じた。黒目勝ちの目を怒ったように見開いていたのに、目を閉じると人形のように優しくなった。あまりかわい過ぎるからいじめられたのかもしれない……

大人はそんな言い方をするけど、いじめられる当人にとってはいい迷惑だろう。

「あなた、やり返したわね、すごい」

よし子が感心したように言うと、女の子は「ふふっ」と首をすくめて笑った。

「良かったわ、かすり傷だった。のどが渇いているでしょ」

麦茶をコップに入れて渡すと、一気に飲み干して、美味しいとつぶやいた。

「待ち伏せしてるといけないから、私が見ててあげる。気をつけて帰るのよ」

「ありがとう」

女の子は一度振り返って、にっこりした。

それから勢いよく走っていった。

言葉に地方のアクセントがあった。転校生でいじめられているのかもしれない。

よし子は曲がり角で、女の子の姿が見えなくなるまで立っていた。

次の休日は晴れ上がったので、よし子は隣のターミナル駅まで買い物に行くことにした。

かなり人出のある駅前で、信号の変わるのを待っていた。

何気なく停車している車を眺めたら、フロントグラス越しの助手席に、女の子が座っていた。あの子だ。男の子に追いかけられて、けがをした子。

外に立つよし子と目が合った。けんかを止めてくれた人だと気がついたようだ。

驚いた表情になり、運転席に話しかけた。

運転席には孝介がいた。女の子が孝介に興奮した様子で話しかけている。

孝介がこちらを見た。よし子と目が合った。女の子はまだ話し続けている。

孝介は前を向いた。渋滞していた車がゆっくりと進んでいった。

あちこちで夏祭りが話題にのぼる季節になった。

よし子の店にも鳶《かし》衆《ら》が来て町内揃いの提灯と紙垂《しで》のついた縄を張っていった。

よし子は装った店構えをちょっと遠くから眺めた。それからもう一度箒を使い、水を打って盛塩をした。お囃子が遠くから聞こえてくる。

なんとなくウキウキするのは子どものときと一緒だ。最近は人波にもまれて縁日を冷やかすこともしなくなったけれど。

浴衣姿の若い娘が通りかかり、よし子に向かって会釈をした。着つけないぎこちなさが却って初々しい。

似合うわよ、と声をかけると笑顔になった。

そういえば孝さんとお祭りに行ったっけ。

娘さんに金魚の浴衣を見立ててあげた。そうして私も浴衣を買ってもらったのだ。

不意によみがえった思い出に気持ちが湧き立っていった。

店の準備が終わったところで二階に上がり、浴衣を取り出した。紺地にトンボが染め抜かれ、流れるような白い線が涼風の風情だ。

浴衣のことなんて孝さんは覚えていないだろうな。からし色の半幅帯《はんはばおび》を貝の口に結んで、抜いた襟をもう一度鏡に映してみた。

七時を回ったころ、地元の幼馴染が揃って現れた。子どもたちも友達同士で出たとかで、みんな昔の顔に戻っている。

「よし子ちゃん、今のうちにお参りに行ってきたら？　私たちで店番してるよ。帰ってきたらみんなで飲もう、それまで待ってるから」

二人ほどが残り、あとは連れ立って出かけることにした。浮かれ気分で金魚すくいをやったけれど、みんなすぐに破れてしまって、二匹だけ袋に入れてもらった。

本殿に着いて賽銭を投げて手を合わせる。何を願おうか、とりあえず商売繁盛、健康祈願、それから、願いたい人の顔が浮かんでくるけれど、それを願ったら不幸になる人ができる。

よし子は思いを追い払うように目を閉じる。いやだわ、浴衣なんか着たせいで変なことを思う。

お参りを終えて体を回したら、後ろに立っていたのは、追い払ったはずの人だった。

孝介の視線が、トンボの浴衣に注がれている。それを避けるように目を伏せると、女の子と手がつながっていた。

金魚の浴衣を着てゴム草履をはいている。まだこの浴衣着られるのね。

孝介たちもお参りを済ませた。

よし子は女の子の前にしゃがんだ。

「その浴衣、かわいいわ。もう男の子にいじめられないわよね」

女の子は恥ずかしそうにうなずいて、孝介を見上げた。

商売とは別の声が孝介の耳を掠めてゆく。およしの二階で聞いた声が、孝介をとらえる。記憶が過去形になっていない。

よし子のうなじを見つめたまま、孝介は立ち尽くしていた。


月曜日の夕刻、まだ早いのに、店は賑やかだった。粟本工業の従業員六人がテーブルを占拠していた。監督の村木は健康を取り戻したようで艶も良く、奥の席で笑顔だった。孝介も穏やかな表情で隣に座っている。若い人たちはビールをうまそうに飲んでいた。

村木はよし子と孝介の仲は知っているはずだが、孝介が家族を呼び寄せてからはそれも終わったと思っていることだろう。確かに終わったのだ。孝介は一人では店に来なくなったもの。若者は自分たちの楽しみが優先、陽気で屈託がない。

村木がよし子に上機嫌で言う。

「今日一つ大きな仕事がまとまってね、これから取りかかるんだ。役所に関連しているから信用にもなるし、うちにとっては明るいニュースだ、というわけで若いもんを景気づけに飲ましてやろうって。打ち上げもここでやれるように頑張らないとな」

よし子はビールを注ぎながら、店の中の目配りをしていた。酒が回ってきた若者たちは他愛のないことで笑っている。

茄子のしぎ焼きを孝介のテーブルに運んだ。

孝介の顔がほころぶ。好みは故郷の香りのするものだ。

村木がおもむろに話していた。

「孝さん、奥さんを働きに出して良かったよ。今まで体を動かしてたんだ、都会のアパートの中に閉じ込めておくのはかわいそうだ。このごろはパートに出てる主婦が多い。それに花屋なら今までの経験も生きるんじゃないか」

「花と野菜は同じじってこともないでしょう」

孝介の声は歯切れが悪い。

よし子は聞かれたくはないのだろうと、若い人の方へ回った。

「あれ、およしさん、指に絆創膏なんか貼って、切ったの？」

「料理のうまい人が切るわけないだろ」

「じゃあ、噛まれたんだ」

「すっぽんかよ」

「お前も色気がないなあ」

「棘が刺さったのよ、あのお花の棘」

よし子が指さしたところには紫や白い小花が野趣の風情で活けられた篭《かご》があった。

「あっ！　あの花、国道の花屋で買ったたんでしょ。主任の奥さんが居るんだ」

「何言ってんだよ、お前酔っぱらったんだよ！」

「気持ちが棘に乗り移ったんだなあ」

「やめろ！　やめろ！」

「知りもしないこと言うな！」

「いや知ってるよ、俺、見たもん。美人だぜー」

言い出しっぺの男を止めるみんなの慌てようがあまりにも真剣だったので、その場の雰囲気は却って収拾がつかなくなった。

酔いの戯言が、指の傷より深い痛みとなってよし子を刺した。

棘を刺した指の傷は一週間もするとすっかり治っていた。けれども気持ちの中に落ちた棘はなかなか抜き取ることができなかった。

よし子にとって一番のショックは孝介とよし子のことが若い人たちの間でも事実として知られていたことだった。人の口に戸は立てられないとはよく言ったものだ。

孝介の妻が花屋でパートをしている。そこの花がよし子の棘になった。恨まれてるんじゃないのかと言われたこと。慌てて止めた若者。

自分ではいろんなことを我慢して気をつけて暮らしているのに、噂だけは面白半分に先立ってゆく。

以前孝介が何の連絡もなしにアパートを引き払った時は体に穴が空いたようだった。村木が病気になり、孝介の負担が大きくなったようだが、よし子は自分が孝介の負担なのではないかと思ったのだ。

だから引っ越しても同じ町にいるだけでうれしい。それがたまには会いたいとなり、お客として店に来てほしいとなり、カウンターの隅っこでゆっくり飲んでいてくれるだけでいい、何も話さなくてもいい、孝さんが飲んでいる姿を見たいと、気持ちの中でどんどん欲張りになってゆく。孝さんはそれがお見通しなのだ。だから来なくなってしまった。

もう一つの痛みは孝介の妻が花屋で働いていることだ。店に飾る花はいつも同じ所で買っている。花屋の主人とも長い付き合いだ。

いまさら店を替えることはできない。同じ町内だもの。いつも店番をしているのは茶髪にした若い子だった。長靴に長いエプロンをかけて歯切れが良い。

この前、店に行った時はあの子ではなかっただろうか。

取り止めのない考えごとをしながら、花の水を替えようとして手が止まっていた。午後の日差しが明るく店の中まで入っていた。

今度花を買いに行って、孝介の妻に会うにはそれなりの覚悟がいる……

一歩

登校途中の子どもたちの声が止み、静けさを取り戻していた。

美智子はそっとアパートの鍵を回す。

白い綿のブラウスに、はきなれたチノパン、ローファーの靴。よそ行きと言ってもアイロンをかけただけ。そんな美智子が都会でもすっきりと見えた。

誰にも会わずに通りへ出る。徒歩で三十分弱。

夫の孝介は美智子がパートに出ることに反対だった。由布子が学校から帰ったときに誰も居ないのは可哀想だと。

美智子もその気持ちは同じだけれど、田舎だったら近所は知った人ばかりだから話もできる。ここでは二人を送り出して家事を済ませたら、することがない。

田舎では畑の仕事、庭の手入れなど体を動かすことはいくらでもあったのに。狭いアパートの中でじっとしている生活を続け、このままでは窒息しそうだ、由布子を連れて田舎に帰ろうと思い始めたころ、花屋のパートの声をかけられたのだ。

その花屋は、店先に寄せ植えの鉢をいくつも置いている。蔓性《つるせい》のものや細い葉の美しい蘭の種類など、葉の形や色をうまく取り合わせてある。

田舎の庭だったらいくらでも作ることができる。こんなものが都会では好まれるのだと、美智子は通るたびに感心して眺めていた。

花屋の主人が、寄せ植えが好きなんだねえと声をかけてきた。

田舎の庭が懐かしくてと、美智子は笑いながら弁解した。

そんなことから話をするようになり、ちょうど人手が必要になっているから働いてみないかと言われた。子どもが気になるなら、市場から仕入れてきたものを、仕分けするところまででも良い。畑をやっていたなら植物の扱いは得意だろうからと。

孝介には事後承諾だった。孝介も美智子の憔悴した様子に気づいていたから、反対はできなかったのだろう。

店に出てみると、美智子の植物を見る目は確かだった。鉢物は葉の色ばかりでなく根の具合や土の色で良し悪しを見分けた。観葉植物の配置がうまく、店の中がすっきりした。

花屋の店の奥に蔓《つる》の束が積んであった。以前、生け花教室を開いたときに使ったものだそうだ。

美智子はそれを一束水に浸け、翌日仕分けが済んでから篭を編み始めた。芯を八本組み、柔らかくなった蔓を編み込んでゆく。

田舎にいたころ、山から蔓を取ってきて、長老格のトシさんに教わりながらみんなで編んだ。たくさん編んで、民芸品として売りたいと誰かが言い出した。

峠のお蕎麦屋さんの店に置いてもらったらどうだろう。

自分たちで店を持ちたい、草木染のスカーフとか、木の実入りのクッキーを篭に詰めるの。資金が貯まったらペンションを経営したい。美味しいコーヒーが名物なんて、話がだんだん大きくなってみんなの笑顔が輝いた。

トシさんがポツリと言った。

「そうやってとんでもねえこと考えて、村に居られなくなったもんがおるよ」

篭を編むのはしばらくぶりだったが、美智子の手は覚えていた。

手を動かしていると田舎でのさまざまなことが思い浮かんできた。

不揃いな形が野趣に富んでいて面白いともいえる。編み上がった篭に紫のビオラと小型の水仙の鉢を入れて、表の棚の隅に載せた。ちょっといたずらっぽい気持ちだった。

翌日店に出ると篭がなくなっていた。美智子は、店長が邪魔だから片付けたのだと思った。余計なことをしたかな……見回しても店の中にも篭はない。

店長は市場からの荷を下ろすとそのまま車で出かけていった。

仕事中に遊んだことになるかもしれない。

美智子はまた引っ込み思案な性格に陥りそうだった。

仕入れの花を捌いていると、遅番の有美が出勤してきた。

「昨日、美智子さんが編んだ篭、売れたのよ」

美智子はとっさに何のことかと思った。

説明によると、夕方いつも切り花を買いに来るお年寄りが、この篭はおいくらですかとたずねた。

居合わせた店長が、篭ですかと聞くと、鉢も一緒にと言った。

店長は即座に、

「千五百円です」と答えた。

有美はたまげたなあと笑う。

「だってさあ、三百円の鉢が2つ入ってるだけよ」

お年寄りは満足そうにうなずいて、鉢がダメになったら、また何か良いものを見繕ってくださいねと言ったそうだ。

昼に戻った店長は上機嫌だった。

「あの篭さ、とりあえず蔓の在庫がある分だけ作ってみてくれないか。市場で蔓も扱ってるから、まだ仕入れられるけど。出来高で支払うよ」

有美が笑いをこらえていた。

「ついでに寄せ植えの方法なんかも勉強したらどうかな。技術が身につくと思うよ。これからは花屋も切り花を売るだけの時代じゃなくなると思うんだ」

夢を見過ぎて村に居られなくなったもんがおると、トシさんは言った。村を出てから思いがけず夢が夢でなくなりそうな……

美智子はまた村の仲間を思い浮かべた。

美智子が働きに出ても、案ずるほどのこともなく東京での生活は過ぎ、気にかけていた由布子も少しずつ友達ができて明るくなっていった。

美智子は仕事に打ち込めるようになり、苗鉢の名前や育て方を調べたりするのにも熱が入っていった。

店主は、市場にあったという園芸講習のパンフレットを美智子に持ってきてくれた。月に二回、土曜日の全日。大手の種苗会社の主催で半年が一期分になっている。

老若男女取り混ぜて三十人の生徒がいる。

午前中は講義でいろいろな講師の話を聞き、午後は五人一組六平方メートルの花壇を与えられる。季節感や配置などを話し合いながら花壇を作ってゆく計画だった。

美智子のチームは、不登校の少年、ＯＬから花屋に転職しようとする女性、定年後の再就職を考えている男性。もう一人の田村は商社の肥料部に勤務している男だった。

中枢部から肥料販売という地味な部署への異動で、一時はやる気をなくしたが暇潰しに参加した土いじりで癒されたという。

美智子は土に触れるのがうれしかった。自分の性に合っている。土造りなど知っていることもあったが、花の世話や鉢の作り方などは新しい知識がたくさんあった。

半年が過ぎて六個の花壇はそれぞれの趣をもって造り上げられていった。花壇はボードの上に土盛りをして作られていたので、終了後はそのまま公園の敷地に移された。遊歩道に沿って、長方形の花壇が間隔を取って並べられた。辺りが華やかになったようで、みんなプロの仕事をした満足感に浸った。

終了式の後、美智子は田村と並んで公園を回った。

美智子は半年が楽しかったと感謝を込めて言った。グループがうまく運んだのは田村の公平な人柄のせいもあると思えたからだ。

「あなたのブレスレットにはメダイがついていますね、クリスチャンですか」

田村は思いがけない話題を振ってきた。

美智子は顔を赤らめてシャツの袖を引っ張った。

「僕は中学と高校がミッションスクールだったので、そういうことに目がゆくのですね。十字架をネックレスにしている人はよく見かけるけれど、ブレスレットにしているのは珍しいと思いました」

楽し気に話すのは、思い出が懐かしいことばかりだからだろうか。

その雰囲気につられるように、美智子は昔の話をした。

高校の修学旅行で京都に行ったとき、自由行動で友達と教会に行ったのだ。

京都ならお寺でしょと言いながら、旅館の近くに見えた十字架のある細い屋根の建物に惹かれて入っていった。

石造りの古風な門柱には「カトリック教会」とあった。

長椅子が並んだ大きな部屋はステンドグラスの窓で囲まれていた。夕陽は窓ガラスを通って美しい光となり床や椅子にまで届いていた。

長椅子の隅に人影があった。詰襟を着た後ろ姿、跪いて祈っている。静かな空気の中で、二人は立ちすくんで動けなくなった。

正面に大きな十字架がかかっていて、横にはマリア像もあった。どちらに祈っているのだろう、何を祈っているのだろう……

ふと人影が動いた。祈っていた人が立ち上がり、こちらに歩いてきた。見とれるほどに美しい若者だった。

美智子たちなど見えないかのように、戸口に消えていった。

あんな風に静かに祈れたら、心がずいぶんと休まるだろう。

美智子の教会への思いはそこから始まっている。

その時、教会の案内所で細いブレスレットを買ったのだ。

「田村さんは、お祈りをしますか？」

一瞬の沈黙の後、田村は言葉をつないだ。

「話すことも考えることも、祈りにつながるでしょう。そう、あなたのことを考えるときも祈りの中ということです」

ユーモアを交えた笑顔だった。


店での美智子は、厚手の黒いエプロンに黄色い長靴姿だ。花屋の仕事にはこのスタイルが一番働きやすい。ユニフォームと決めたわけではないのに十九歳の有美が同じ格好をしている。茶髪を思いっ切りアップに結い上げ毛先を遊ばせ、金色のピアスがきれいなうなじの傍で揺れている。何よりも頬の輝きがまぶしい。

私にもあんな時があった。夫の孝介と出会ったころだけれど、ずっと昔のような気がする。

でも私は田舎の娘だったからあんなにおしゃれではなかったと苦笑する。ついでに山裾に広がるふるさとを思い返した。

五月に入って母の日が近づくと美智子はカーネーションより小ぶりのアジサイの鉢を置くことを提案した。日本の初夏には乾いた感じの花よりアジサイのみずみずしさが合うと思ったのだ。鉢を篭に入れたり、ラッピングをしてリボンを巻いたりしたのが次々とさばけた。

父の日を前にしては、小さな蘭の鉢を揃えた。蘭は足元が寂しいので葉物の鉢を一緒に篭に入れた。娘さんや奥さんに好まれた。

美智子の仕事振りには迷いがなかった。そこまで到達するには考えるのだろうが、いったん手をつけると次々に仕上がっていった。


六月の下旬になってガラスの水盤を店先に置いた。直径が三十センチで厚みは十センチもない。水を張り小石を置いてウォーターレタスを一つ浮かべた。いかにも涼し気でそこから夏が来たようだった。有美は売り物のウォーターレタスを桶に入れて水盤の近くに並べていた。

「良いわね、この鉢涼しげで」

後ろで声がした。いつも季節の花を買いに来るお客さんだった。

「この中にメダカを入れたらどうかしら」

「メダカくらいなら大丈夫だと思います。金魚はエアーが必要ですけど」

「やはりそうなのね。生き物は難しいわね」

奥にいた美智子ができ上がった寄せ鉢を持って出てきた。話している客に、いらっしゃいませと声をかけた。

客は美智子と目を合わせ、うなずくでもなくそらすでもなく、すっとうつむいた。

「もし良かったら、水盤とウォーターレタスと小石と、お届けしますよ」

「ええ、お願いしようかしら」

「商店街の『およし』さんですよね、お店に届けて良いですか」

客はそこで言葉に詰まり、それから、そうね、お願いしますと柔らかい声で答えた。

美智子は、どこかで会ったことがあるような気がした。声と同じように、丸みのある柔らかい体つき。遠ざかってゆく姿を見送りながら、思い出せなかった。

秋になると、切花よりも苗物が多くはける。

ビニールポットに入って三つで千円というようなものだが、客は長い時間かけて選んでゆく。アルバイトの有美は白い指を泥だらけにしてポットの入った篭を手際よく店頭に並べる。

花屋の仕事は手が荒れる。切花には棘もあるし、手は水に浸かりっ放しだ。土いじりにいちいち手袋をはめるわけにもいかない。美智子が有美の手が荒れるのを惜しんで言ったことがあるが、本人はいっこうに頓着しない様子だ。

若いころは持っているものの価値に気づかないものだ……

美智子も指が長くほっそりとしていたが、家事や畑仕事で硬くなっていた。花屋で働くようになってからは使い勝手の良い丈夫な手だと思うようになった。

手といえば……

園芸の講習で会った田村という男性。商社の人で、グループが一緒になって園芸の勉強をした。

終了式の後、小さなパーティがあって帰途についた。

別れ際、田村はありがとう楽しかったと言って手を差し出した。

美智子は握手と思って何気なく握ったのだが、衝撃を受けた。

田村の手は大きくて厚みがあり、温かくて、柔らかかった。その両手が美智子の右手を包み込むようにしたとき、手ばかりでなく体中を包み込まれ、魂まで引き寄せられた感覚になった。

美智子の体がゆらりと揺れた。

田村が素早く支えてくれたので、立ち直ることができたけれど。動揺を見透かされたようで、恥ずかしさに体が火照った。

事務屋さんで、ペンよりほかに硬い物を持ったことがないのだ。温厚な人柄もそんな恵まれた環境の中で培われたものだろう。

田村の薬指のリングが美智子の指に触れた。

この人は自分とは別の世界の人だ。


その晩、床の中で、美智子は夫の孝介の手を探った。硬くて節があり、たくさんの畑仕事と土木作業をしてきた手だ。

どうしたんだと聞かれて、ううん、何でもないけど、と言いながら、小指から順繰りに節を手繰ってゆく。

美智子の胸の中が温かくなっていく。

男の人の手はみんなこんな風にごつくて硬いと思っていた……

指輪もない。孝介が握り返してきた。

いったん美智子を掴んだら容赦のない、この頑丈な手が男の手だと思っていた。

私はこの手に、慣れ親しんできた。

あの、魂を掴まれたという感覚は何なのだろう。

魂を抱きしめられたと思うなんて、私はどうかしている……

田村は、今でも時折美智子の働いている花屋に来ることがある。会社関係の花束を注文したり、シクラメンや胡蝶蘭を買ってゆくこともある。

いつも変わらず穏やかで優しい。

美智子は花を渡すときも、お金を受け取るときも、田村の手に触れないようにと、緊張する。

孝介の実家から母親が寝込んだという知らせがあった。

実家は兄夫婦が継いでおり、差し当たっての心配はないということだったが、週末の三連休に見舞うことにした。

連休の初日なので早めに家を出た。

由布子は普段の登校時間より早いのに不満そうな表情も見せず、お気に入りのスポーツバッグを膝に乗せ、後部座席に収まっている。久しぶりの両親との遠出がうれしいのだろう。

やがてバッグの中から受験用の問題集を広げて書き込み始めた。

「由布子、あんまり根を詰めると車酔いするから……」

美智子の言葉にうーんというのんびりした返事が返ってきた。

メーターの針が時速百キロを超える。

「そんなに急がなくても……」

美智子が呆れたようにつぶやくが、車を運転すると開放感があふれ出すのは美智子も同じだ。

高速から一般道に下りた。

周囲の山や畑が懐かしく、空気も心地良い。

帰ってきた……

これは孝介も美智子も同じ気持ちなのだ。

国道の途中に山並みを分け入るような大きな広場が現れた。

まだ新しい建物がいくつか並んでいる。

道路脇にそびえるような看板があった。

「道の駅・こうしゅう」

孝介は、へえ、こんなのができたんだとつぶやきながら、車を駐車場に入れた。

広い駐車場、トイレ、レストラン、土産物、土地を紹介するコーナーでは物産展と販売。観光客は地場産業のところに集まっていた。

採りたての野菜がビニール袋やパックに小分けされ、生産者の名前が印刷されたカードが入っている。

孝介はプチトマトのカードに同級生の名前を見つけた。

同姓同名かと手に取って眺めていると「おい！」と肩をたたかれた。

振り向くと名前の本人だった。

何年ぶりだろう。

日焼けした顔はしわが深くなった気もするが、変わっていない。

冷やかすように孝介を眺めて、笑いながら言った。

「遠くから見つけたんだけどさ、声かけにくかったよ。どうすべえって。すっかり都会もんになっちまったなあ」

彼は自分の野菜を並べに来たところだという。

道の駅は地域の活性化に役立てたいと、近隣の農家が総出で参加しているそうだ。

野菜、花、酪農、炭、民芸品、今まで眠っていた物を掘り起こした。年寄りも女たちにも仕事ができた。

「まあそれほど儲けがあるわけではないが、面白くはなったな。経営ってもんに首突っ込んでる気がしてな」

友人はちょっと誇らしげに、照れて笑った。

「それと村の仲間らで、生活協同組合と年間契約にして野菜を売るようにしたんだ。おれらも作物を計画的に作るようになったし、値段の不安定さも前より解消された。新しいやり方も試してんだよ」

一番の相談相手だった。その時の調子が戻ったかのように、熱く語る。

孝介も昔と同じ顔つきで聞き入った。

「おめえ、帰ってくる気はないか。東京も良いだろうけどよ、また一緒に面白い農業ってやつをやってみないか」

農業に夢を抱いたあのころのままに誇らしげに語る友人の笑顔がまぶしかった。

うわさ

「俺たちが時々行ってる飲み屋がなくなるんだって」

「えっ、『およし』が?」

「潰れるのか」

「どうなのかなあ。この前現場で一緒だった、どっかの親父さんが話してた」

「そんなに景気が悪かったのかな。結構客は入ってたよな」

「潰れるとかじゃなくて、名前が変わるんじゃないかな」

「チェーン店とかになっちゃうのかな」

事務所の衝立の向こうから、若い者たちの声が聞こえていた。

「およし」が店を畳む……

孝介は知らなかった。一人ではずっと行っていない。衝動的に行こうと思うときがあるが、面倒が起きるのは避けたかったのだ。

何があったのだろう……

何かあっても、よし子からは連絡してこないだろう。

何かあったとして、孝介に何ができるのだろうか。

週末の遅い時間、孝介が「およし」の戸を開けると、まだ三人ばかり客があった。

よし子は奥から出てきて、小声で言った。

「もうすぐ暖簾を下ろすから、少し時間を潰してきてほしいの」

孝介は黙って外に出た。駅前まで足を延ばしたが、飲み屋に入る気にはなれなかった。

大衆食堂で定食を頼んだ。何を食べているのか味がしなかった。

今夜のよし子は孝介が現れても、驚きもせず、来るのが分かっていたかの様子だった。

孝介は皿の物を一つずつ、つまんで口に入れたが、時間はなかなか進まなかった。


夜の人通りも少なくなっていた。

孝介が戻ってみると店の暖簾は仕舞われていて、灯りも消えていた。

戸に手をかけると、するすると開いた。

「ごめんなさい、手間を取らせて」

孝介を招き入れると戸に鍵をかけた。

「ここに灯りがついていると、誰かが訪ねてくるかもしれないから、上に上がっていて。始末をしてすぐに行くから」

言われるままに階段を上がった。部屋を見回し、ここで過ごした濃密な時間の数々が、一気に孝介を襲った。

やがて軽い足音がして、よし子が姿を見せた。

「店を畳むのか」

よし子が座るのも待たずに孝介は尋ねた。

「噂は早いのね」

よし子が孝介の両腕を掴んで立ち上がらせた。

「抱いて」

孝介は思わずよし子の顔を見た。

静かな表情のままだ。

「先に抱いてほしいの、話はそれから」

よし子は孝介を奥の部屋まで押してゆき、床のかたわらで素早く服を脱いだ。

孝介も、裸になり布団に滑り込んだ。

柔らかい体が絡んできた。忘れていなかった、この体を。

よし子の胸に顔を押しつけた。柔らかい乳房が頬を挟む。

孝介の頭を抱えつぶやいた。

「孝さんを、こうして抱きたかった。いつもいつもそう思ってたわ」

孝介はよし子の口をふさぎ、やみくもにのしかかった。

「待ってよ」

よし子の手が肩を押さえた。

「そんなに急がないで。お願い、ゆっくりして、久しぶりなんだから、もっと私の体、かわいがってからにして」

そうだ、早く済ませようと、はやっていた。

よし子は裸の孝介の胸を、背中を、腰を、いとしむように撫でた。

腹から撫で下ろし、固くなっているのを確かめるように、両手でそっと包んだ。

繊細な指遣いが、孝介の先端を痛くなるほどに刺激する。

孝介のうめきに、よし子は悪戯っぽい目をして見せた。

孝介が乳房を口に含むと、よし子の喉が鳴り、腰がねじれた。

股間を膝で割り、指を入れ、十分に濡れているのを確かめた。

「孝さん、急がないで、ねえ、お願い、ゆっくりして、ゆっくりよ」

この段になって、喘ぎながら、まだ言う。

――そんな芸当は俺にはできない。

――俺の腰は始まったら言うことを聞かない。

よし子が両足を絡ませる。

締まりがさらに孝介を高ぶらせる。

「いくぞ」

くぐもった孝介の声に、よし子が体をのけぞらせた。

果てた後、よし子は動かなかった。

よし子を抱くと体中の縛りが解き放たれるような気持ちになる。

よし子にすべて吸い込まれたような、その気分が良い。

しかし今日はそんなことを言っていられない。

「話す約束だろう」

なおもよし子は眠っているように孝介の胸に頬をつけていた。

孝介は、ほてりの残っているよし子の背中をゆっくりと撫でた。

「一人で抱えてないで、話してくれ」

「――病気が見つかったの」

思いがけない言葉に孝介は息が止まった。

店のやりくりとか身内のトラブルとか、いろいろ考えてはいたが、普段元気なよし子から病の話が出るのは想定外だった。

半年くらい前に出血があったが、気にしなかった。

更年期に差しかかったかな、くらいに。

健康診断で、精密検査を受けるように言われ、結果、子宮がんと診断された。

孝介は狼狽し、頭が混乱した。

「大丈夫なのか、こんなに激しくやって」

「ほらね、先に話したら、抱いてくれなかったでしょ」

孝介の胸をたたきながら、泣き笑いをした。

確かに抱けなかったかもしれない……

「こんなに激しくやって、体に障らないのか」

「そんなことは分かんないわ。うーんと良い気持ちだった。体の芯まで強烈にいったわ。それにお医者さんは、セックスをしちゃいけないって言わなかったもの」

「聞いたのか」

「聞かないわよそんなこと。良いのよ、どうだって……やった者勝ち」

勝ち誇ったような笑顔を見せ、孝介の乳首を柔らかく噛んだ。


手術をして、もとの生活に戻れるなら、その間だけ誰かに店を頼むことも考えた。けれども先のことが分からなくては、頼まれた人も不安定で受けられないだろう。この際きっぱり店は辞めて、次のことはまた考えようと決心した。

病院も、東京を離れる。

先端の治療をする病院を紹介してもらったという。

「店は居抜きで買ってもらうから、私が居なくなるだけなの。孝さんに会うのは今日が最後にして。会ったらあとを引く……」

よし子はもう語り終わったというように、孝介の体に腕を巻きつけて目を閉じていた。

「ねえ、もう一回して、帰るまでにもう一回」

孝介は胃の辺りがぎゅっと固くなった。

病気だと分かったよし子の体の中に入れるか。

何も言わず、よし子の体を抱えていた。

店を居抜きで買ってくれた人はよし子より少し年上で、もっと商店街のはずれで店を開いているので、表通りに出られるのをとても喜んでいるそうだ。

「でも、男の人一人じゃ、やっぱり大変だから、手伝ってくれる女の人を探しているの」

「よし子が元気になったら手伝えばいい」

「男の人よ。孝さん、焼かないの？」

孝介はよし子を転がした。

焼きもちが焼けるくらい元気になってくれたらいい。

よし子は耳元で、もう一回ねとささやきながら、孝介の股間に手を伸ばし、丁寧に指を動かした。それから口に含み、舌をゆっくりと這わせた。

しっかり立ったのを確かめてから孝介の腹に股がった。

孝介の腹の上で、丸い腰がゆっくりと揺れる。

「ああ、いいわ、いきそう……」

「いけよ」

「何回も、いきそうよ……」

「何回もいけ」

よし子の乳房が重たげに揺れる。

悶えるように体が動く。

「止まらない、溶けそう……」

孝介が体をしならせて突き上げる。

「孝さん！」

激しい喘ぎの中にひそやかな嘆きが交じっている。

「まだよ！」

死んでも良い……

死なせて……

愉悦の中でよし子の胸が念じていた。

わずかにうとうとし、白んだころに床を抜け出た。

テレビ台の脇に置かれていた病院のパンフレットを手にした。

以来、よし子とは連絡がつかなかった。店が新しくなったのは仲間の話で知った。

孝介がその近くに足を向けることはなかった。

それぞれの苦悩

よし子のところから持ってきた病院のパンフレットは、東京からはるかに遠く、むしろ孝介のふるさとに近いほどだった。

その辺りから孝介は仕事に身が入らなくなった。一つの仕事が片付いて打ち上げをしても、「およし」に行くことはない。難しい病気を抱えて一人東京を離れてしまったよし子に、孝介は何もすることができなかった。それがこれほど自分を打ちのめすのかと不思議に思うほどうつ状態が続いた。

俺も東京を出よう。孝介はいきなり思いついた。田舎に帰ろう。兄貴はいつでも戻ってこいと言った。あの時はそんなことがあるはずはないと思っていたが。

兄は孝介の一本気な性格を知っているので、何かがあったときの布石を打っていたのかもしれない。

孝介は道の駅で会った仲間の生き生きした様子を思い出した。あの時ちょっと揺らいだ気持ちが強烈に持ち上がって押さえられなくなっていた。


孝介は粟本工業を退職し、本当に田舎に戻ってしまった。

無理は承知だった。せっかく社内の体制が整ったところだった。

退職の理由が言い出せなかった。よし子が居なくなったからなどとは理由にならない。きっかけはよし子だったかもしれないが、もっと奥の方の血が孝介を故郷に向かわせたに違いない。

社長も村木も思い留めさせようとした。家族を呼ぶまでしたのに不義理な行動を取る孝介を許すことはなかった。

同じように、さらに、美智子の激しい表情がそれに加わった。一家の主としては許されるものではないというところだろう。

「何を言ってるの。由布子は都立高校の受験勉強を頑張ってるのに。無事に合格して東京の高校に通わせてやりたくないの」

それを聞いて孝介は自分が何も周囲のことを考えていないと気づいた。

美智子と由布子を東京に呼んで一緒に暮らすことで、安堵した。美智子は仕事を持って気持ちも落ち着いたようだし、由布子の中学校での生活も問題ない。家族はあって当たり前で、すっぽり頭から抜けていた。三人で暮らすようになっても、それぞれが一人ずつになってしまい田舎でのぬくもりは感じられなくなっていた。それは都会の空気の作り出すものかもしれないが。

その上よし子の居なくなったぽっかりとした心が一番の原因なのだから、話し合っても噛み合うはずがなかった。そこは家族で埋められるものではなかった。

今後のことはゆっくり決めよう。とにかく今は東京に居たくなくなったのだ。一人で帰ると言って、とりあえず戻ってきてしまった。

戻ってから一番に病院のパンフレットを見て電話をかけた。木村よし子という人が入院していないかと聞いたが、お身内ですかと聞かれた。身内ではなく知り合いだと答えると、親族の方でないとお知らせできませんということだった。確かに親族なら電話で確かめたりしないだろう。はたして出かけていって面会はできるのだろうか。

田舎に戻った孝介はすぐに風景に溶け込むことができた。ここが俺の居場所かと身のうちで納得するものがある。田植えから始まり、野菜の種まきから収穫、出荷。考えて動けばいくらでもやることはあった。長い空白などなかったように田や畑の中で体を動かすので気持ちを集中できた。

トラックから通い箱を降ろして土産物やのホールに並べる。

「この小さいきゅうり、新鮮なのよね」

「小ぶりなのがいいの。茄子もお漬物にちょうど良いわ」

「帰るときと思っていると、いつも売り切れちゃうの」

散歩帰りの女性客が代金を孝介に渡す。

朝、取ってきた野菜を三百円から五百円くらいの値になるように袋詰めする。トラックでここまで運び、売り子もやる。

「フォレスト・ビラッジ」はアルプスに続く山の斜面を削って建てられた会員制のホテルだ。連泊する客が多く、昼間はハイキングに出かけたり、テニスやゴルフに行く。温泉に入って山の幸を食べるのを楽しみに来る人も多い。

孝介たちの農家のグループはホテルと契約して毎朝交替で野菜の販売をしている。車で来る人はトランクに詰めていくが、東京からの送迎バスで来る客は小分けにした方が買いやすい。そんな工夫もみんなで話し合って決めていった。

ホテルのレストランで使う野菜も納めるので、洋食に使う新しい野菜の開発も手がけている。


その日も孝介は空になった野菜の箱を軽トラに積んで帰路についた。

国道に出ると駅からのバスが着いたところだった。夏休みに入って家族連れも増え、活気のある風景が続く。降りた人々がそれぞれ近辺のホテルに散ってゆく。夕方までは時間がある。客はチェックインしてから、温泉や散歩など楽しむのだろう。年配のグループ客は賑やかだ。このごろは年配の夫婦連れをよく見かけるようになった。

バラけた客たちの行く先がまとまるまで孝介は車を止めて待っていた。

バスを降りて遠くの山を眺めている、一人動かない姿があった。まだ少女の姿なのに、なんと伸びやかなことか。細い肩、すらりと伸びた腰から脚の線。十代で、もう女の美しさを備えているのだ。

振り向いてこちらに歩いてきた。

高校生になった娘の由布子だった。

トラックの運転席から降り立ったのが父親と気づいた。

安堵と懐かしさと、いろんな感情を込めて孝介を見つめた。笑顔になるか、泣き顔になるかの境目だった。

「一人で来たのか。よく来られたな」

「もう高校生だもの」

「ちょっと見ない間に大きくなったな」

孝介は娘の姿に女を感じたことで、内心戸惑っていた。

自分の目の少し下に由布子の髪の毛がある。

「一六〇センチ超えた」

「そうか……」

伸び盛りなのだ。体が大きくなるように、気持ちの中にもさまざまな変化が訪れているに違いない。孝介一人が実家に戻ったこと、美智子と由布子が東京に残ったこと。

一応は話し合って決めたことになっているが、なぜ帰ってきたのかと娘の由布子に問い詰められたら言葉がない。結局、みんなが少しずつ気持ちを抑えたことは事実だ。

「母さんは元気か？」

こくんと頭を動かした様子は、言葉では表しきれないたくさんのものを抱えていると告げていた。

助手席に由布子を乗せて帰途についた。

雲がきれいとつぶやく由布子の声で、突然よし子を思った。助手席に乗るといつも雲がきれいと言った。孝さんとドライブするのが一番楽しいと……。

俺はかなり混乱しているなと孝介は自分に言い聞かせる。


東京の学校がイヤになったか、母親と諍いをしたかで、家出でもしてきたのかと心配したが、そういうことでもないようだ。夏休みで久しぶりに出舎が見たかったとか、父さんが元気か心配してとか、理由にもならないことを照れくさそうに言って笑っている。

夏休みだからどこも混むだろうが、ドライブにでも連れていこうかと言ってみたものの、いいと素っ気ない。

翌日は孝介と一緒に「フォレスト・ビラッジ」に行って、野菜の積み下ろしを手伝ったり、売店の女の子と仲良くなって、店を手伝ったりしていた。孝介は支配人に頼んで温泉プールにも行ける手はずをしてやった。

「気持ち良かった。いっぱい泳いでせいせいした」

来たときよりはだいぶ屈託のない由布子に戻っていた。

三日が過ぎ、由布子は来たときと同じ格好でスポーツバッグを肩にした。

孝介は時間に余裕を持たせて、峠を一つ越えた先の駅まで送っていくことにした。

「あの雲、良いなあ、どこにだって行ける」

正面の山の頂に、白い雲が流れていた。

「もう、前みたいにはなれないんだね。父さんと母さんが居る、普通の家……」

妻の美智子が都会での生活を選び、俺がもう一度農業に賭けたくなった。俺の勝手で娘が犠牲になった。

由布子を都会の学校に通わせているのは良いことなのだ。美智子と自分が通った学校とは全く違う都会の学校で、由布子はのびのびと成長している。

しかし俺はもうあそこには居られなかった。よし子に何もしてやれなかったことだけを責めて毎日を生きていた。その上ふとした拍子に、よし子の優しいしぐさが突然浮かんできたりするのだった。

由布子は突然大粒の涙を流し始めた。声を出すまいと肩を震わせてこらえている。

「別に、良いんだけどね、母さんも楽しそうだし、父さんの仕事も面白そうだし……」

由布子はしゃくりあげながら、自分に腹を立てていた。田舎に来てみて、父さんが帰ってきたわけが分かった気がした。農業はかっこいい仕事だなんて今までは思わなかったけど。父さんが作った有機野菜は都会のデパートや生協と年間で契約している。野菜がダンボールに詰められて、カラフルな野菜の絵が描かれた冷蔵トラックに詰まれたときは、うきうきするくらい誇らしかった。

ここにいる方が父さんらしい。それが分かった。もうもとには戻れないのだ。

車の助手席に乗って空を見ていたら今までのことをいっぱい思い出した。ひたちなかの公園、千葉の花街道、伊豆の海、毎週末、スーパーの駐車場に入れて買い物したことまで。なんとも思わないで続いていたことが、みんなもう思い出になってしまった。

涙があとからあとからあふれてくる。父さんを困らせてしまった。ごめんなさい、こんなつもりではなかったのに。

駅が近づいてきた。孝介はブレーキをかけて車を静かに止めた。

「悪かったな、大人の勝手で、由布子に辛い目にあわせた」

父さんの苦しそうな声が由布子を更に打ちのめした。

「泣き顔で列車には乗れまい。このサングラスをかけていけ」

父さんのサングラスは細くてちょっと尖った形だった。

「似合うぞ。ゴルフの女子プロみたいだ」

　バックミラーをこちらに向けて鏡を覗くと、由布子ではない女がいた。

「高校生には見えないから、列車の中では気をつけろ」

　由布子は、初めて笑った。

「夏休みにまた来る。このサングラスかけて」

「ああ、待ってるぞ。ずっと来て、父さんを手伝ってくれ」

「うん、ビラッジの手伝いね」

「ハハハ、もちろん、それでいいよ」

　孝介も初めて笑った。

　由布子は一つ息をしてから、駅に向かった。

思いがけないこと

　地下鉄の階段を上がるとまだ明るかった。六時、美智子は腕時計で確かめた。レストラン「門や」は一つ裏路地、足元に小さな木の看板が立っているだけの店だった。扉を細く開けると一番奥のテーブルに田村の姿があった。

先週、田村が花屋に来た。いつものように花を買いに来たのだが、思いがけない申し出があった。

「一緒に食事をしたいのですが。デートに誘っているというわけではないのです。仕事の話、相談というかお願いというか、少し長くなるので落ち着いてと考えて」

承知する理由も断る理由もなく途方にくれた。早くその場を切り抜けたい一心でうなずくと、店の場所を書いたメモ用紙に田村の携帯の番号を書き加えて手渡されたのだ。

都合の良い日にちが二つ書かれていて、美智子は早い方を言った。

「門や」の店内は静かな音楽が流れていた。

苦手な食べ物はありますかと聞かれ、美智子が首を振ると、では任せてもらっても良いですねと言った。

大きなメニューを広げて、ウェイターと話しながら料理を選んだ。

二冊目のメニューを広げたので、いったいどれだけ食べるのだろうと思ったが、そちらは飲み物のリストが別にあるのだと分かった。

食事が始まると田村はすぐに用件を切り出した。会社で今度本格的に園芸部門を広げることになった。本社の研究所で花の品種改良に成功したのだ。誰にでも育てやすく水を切らさなければ初夏から秋口まで花が咲き続ける。液体肥料や扱いやすい土も一緒に売り出す。

それで実際に植物を育てられる人を探しているのだという。美智子にスタッフとして加わってもらえないかと田村は言った。

美智子は驚いて話をさえぎった。自分は田舎で田んぼや畑を手伝っていただけで何も難しいことは分からないからと。

しかし田村はそういう人がほしいのだ、農学部出身とか園芸科卒という人は雇えるのだが実践が伴わない。実際に花を育てたり畑を耕したりした人でないと、何かの時に、とっさの判断がつかないのだと。すぐ返事はいらないので考えて置いてくださいと、温かい笑顔で話を打ち切った。

かものロースト、ひらめのムニエルといわれたのに美智子は味が分からなくなった。安定した仕事があれば、東京に残っても不安はなくなる。私が独立できたら……それも新しい花の開発なんて……

その後も田村の話を聞いているのだが心はふわりと漂っていた。

最後のコーヒーが出て、美智子はふっと正面から田村を見た。紺地に色とりどりの小さな模様が並んでいるネクタイをしていた。

「まあかわいい、象が並んでるんですね」

美智子はよく見ようとして身を乗り出した。

「今、気がついたのですか。話題に困ったらこのネクタイの話をしようと思ったのに」

田村はおかしそうに美智子を見つめた。

田村に見つめられただけで、胸から首の辺りがふわっと熱くなった。

少しワインを飲み過ぎたようだ……


三日ほど考えて、田村の要請を受けることにした。不安はたくさんあるが、パートの花屋の仕事よりは安定する。

店長も有美さんも、残念だけれど将来のためにと喜んでくれた。

翌月から美智子は花屋のパートを辞めて、田村が紹介してくれた商社の園芸部に勤務することになった。

美智子はつなぎの作業服が気に入っていた。別に会社から着るように言われたわけではなかったが、その中に身を入れると外界から守られるような気がした。自分が仕事をしているだけの人間になれるような。

都会の中にこれほど広い敷地が地面のままであるのは感動的だった。地植えの花壇や背の高い温室がサッカーグラウンドの何倍もの広い面積を占めている。

美智子は特に責任のある立場にいるわけではなかった。朝の仕事はゆっくり見回りながら、弱っている苗を除いたり、混み過ぎている茎を切ったりする。実家の畑でやっていたことと変わらない。

管理小屋の壁に掲示板がある。

・水遣りは朝夕一つ面に五リットル撒く
・枝を切るときは葉の五枚分下から
・本葉が三枚になったときに株分けをする
・肥料は火曜日の午前中にやる

作業場には工程が細かく書かれてある。

こうした作業ルーティーンをきちんと守って仕事をしていた。

美智子にとっては、水は地面が乾いたらやるもの。枝が混んできたら見栄えが良くすっきりするところで切るもの、肥料は土の色の変わり方でやるというものだったのだが。

秋が深まったころ、ポインセチアの鉢を整理していた。そろそろクリスマス用品の出番だ。ふと、人の気配を感じて振り向くと田村が立っていた。美智子をもの珍しそうに見て、

「久しぶりの日本で、畑に来てみたらあなたがつなぎを着ていた」

と笑った。

「初めは分からなかったけれど、よく眺めたら似合っていますね」

「着てみると案外温かいのです。若い気になっています」

「あなたの仕事振りが若い人たちの神経質な面に良い影響を与えているということで、来てもらって良かったと感謝しています」

と田村は静かな口調で話した。

田村は別棟の研究棟へ美智子を誘った。美智子は行ったことがない。白衣を着た研究員が出入りしているのだ。

チリ一つない静かな空間だった。天井の高い温室があって、たくさんの仕切りがある。

すべてバラの花だった。

「この温室は青いバラを作っています。青い色素を取るのに十五年前から取り組んでいて、ようやく先が見えてきました。オーストラリアとの共同研究です。

初め、ペチュニアから青い色素を取ったのですが、バラとは相性が悪くて失敗でした。カーネーションにはのせることができたのですがね。やがてパンジーの青い色素を試したらバラに取り入れることができました。その色素を遺伝子の中にも組み入れることに成功したので、青いバラの完成を発表することにしました」

温室のバラは薄いピンクから赤紫、そして青へ。微妙な色の変化を見せて並んでいる。青いバラは静かで深いたたずまいだった。十五年の努力、人々の情熱が感じられた。

「花の色素に相性の良い悪いがあるなんて、不思議ですね」

美智子は青いバラを見ながらつぶやいた。

相性の良いものが出合って、宝物になっていく。

人間にもいえることなのだろうか……

青いバラを見た日、二人は以前と同じ「門や」へ行った。

席も同じ奥まった一角だった。

田村は、美智子が花屋から会社の園芸部に転職してくれた礼だと言った。

それどころか、お礼を言いたいのは私の方です。勤務条件も給与も良くなりました、ありがとうございましたと頭を下げた。

「しかし、日に焼けるし手は荒れるし、女性に好まれる仕事ではないでしょう」

「私はもともと百姓の出ですから……」

美智子はさりげなく応えた。

「久しぶりの日本で、こうして静かなところでゆっくり食事ができるのは良いものだな。大陸アジアは活気があるのだが、ぼくには疲れることがあります。歳のせいかな」

「ネクタイ、ゾウの柄ではないのですね」

「もう話題に詰まる心配はないから」

田村のネクタイは深い海を思わせるストライプだった。

「ブルーは奥様の趣味ですか。政治家でそう言った方がいました」

「いや、三年前に亡くなりました」

「ごめんなさい。存じ上げなくて……」

妻は日本が、それも特に東京が好きで離れたがらなかった。

海外勤務が多くなっても、一緒に行きたがらなかった。

東京で自由に暮らしているのが性に合っているのだろうと思っていたのだが。病気が分かって、ストレスや不満もあったのかと考えるようになった。

がん医療は日々進歩しているから、特に乳がんは早期発見で救えたかもしれない。当時の最善を尽くしたつもりだが転移もあって、うまくゆかなかったと。

田村はさりげなく話題を変えた。

「ぼくは海外も単身赴任だし、学生時代も寮だったから、結構マメなのですよ。ところでさっきはアジアの悪口を言ってしまったけれど、昔のままの風景が残っていたり、子どもたちが純真だったり、良いところもあります。どこか行ってみたいところはありますか」

美智子は首をかしげたまま、横に振った。住んでいるところ以外、行ったことがない。

「シンガポールの夕日は良いな。あなたに見せたいな。最近は子育てを終えた女性たちの姿が海外でも見られるようになった。あなたももう少ししたら時間が取れるでしょう」

「娘は高校生ですから、三、四年したら……私がつなぎを着ているのを知って、かっこいいなんて、生意気なのです」

「ご主人は、転職に賛成してくれましたか」

「――主人は、農業をしに田舎に帰りました」

言ってしまってから、目を上げて田村を見た。

二人の視線が止まったままになった。

世間話や仕事の話をしているときは順調だが、プライベートな部分に触れると危うくなる。それほど互いに相手のことを知らなかったし、話すことにためらいもある。

「あなたのことをもっと知らなくてはいけないな……」

「いえ、大丈夫です……」

自分のおかしな言い方に唇を噛んだ。

当たり障りのない話をしているときが気持ちが和む……

田村が支払いを済ませて外に出ると、美智子は街灯の下にたたずんでいた。後姿が頼りな気に見える。楽しませられなかったなと田村に悔いが残った。

ヒールをはいたのを初めて見た気がする。膝下丈のタイトスカートから伸びた足がきれいだった。丸く張りのある腰は、子どもを生んだ女の落ち着きがあった。

あの豊かな腰に手をかけたいと、一瞬思いが湧いて過ぎていった。

その夜、美智子は湯船に浸かりながら自分の乳房を掴んでみた。体の一部を失うことは、生活が不自由になるということだが、乳房の病はもっと別の深い悲しみが湧き上がるのではないか。

娘の由布子が生まれてお乳を飲ませていた時も、お乳が張ると痛くて絞るほどだった。

それが終われば、もう乳房の役目は済んだということか……

ドアの外で気配がした。由布子が帰宅したようだ。

「ずいぶん長湯ね」

湯船の中で物思いに沈むなんて、我ながらどうかしている……

美智子が冷たい化粧水で肌をたたいていると、鏡の中のすぐ隣に張りのある美しい乳房が並んだ。由布子の体つきは私とよく似ていると、改めて気づいた。

私もこんな時があった。でもその時は若さにも、乳房の価値にも無頓着だった……

こんな年ごろで田村に会えたら……

美智子は思わず洗面台を掴んだ。

「大丈夫なの？　のぼせたんでしょう」

美智子は首を振り、バスタオルを巻き直した。

由布子には気づかれぬほどのため息がもれた。

孝介は病院へ電話をしたあとで、ずっとどうするか考えていた。

よし子は東京のものをすべて捨てていったのだろう。携帯も解約したらしく、連絡を取ることができなかった。

イチかバチかやってみるしかない。孝介は病院の住所をナビに入れると静かに発進させた。稲刈りの済んだ田が広がる。山の木が色づき始めている。

思いついて沢を上り、ペットボトルに流れ落ちる水を入れた。国道を南下すると、途中に山へ登る道があり、病院の看板と矢印が立っていた。上ってゆくと中腹の開かれた土地に大きな建物が並んでいた。

正面に〈富士見ヶ丘総合病院〉とある。入口には広い駐車場があった。

建物の内部は窓が大きく明るい。ロビーには人影はなかった。

入口で立ち止まり、景色を眺めた。遠くに高い山が連なっている。その山をずっとたどってゆくと麓《ふもと》に自分の住処がある。

建物の周囲は樹木に囲われていた。国道からそう遠くはなく、少し離れているが、新幹線の駅もある。新設の病院の位置としては悪くないのかもしれない。

よし子のように、東京は離れたい、先端の医療は受けたいという患者には感覚としてもほどよい距離といえるのか。

受付の面会人カードに正しく自分の名前を書き、関係のところでペンが止まった。

従兄とさりげなく書いて、窓口に提出した。

「ロビーでお待ちください」

廊下の続きを示された。

やがて背後からよし子が身を寄せてきた。

「従兄だなんて……」

「身内じゃないと断られるかと思ったんだ」

以前電話で問い合わせた時の冷たい声を思い出したのだ。

よし子は少しほっそりしていた。

孝介が見つめるのを察して、

「病院の食事はきっちりしていて、あまりおやつも食べられないから細くなったわ」

と笑いながら両手で頬をおさえた。

病室は大きなガラス窓で、光が差し込んでいた。

山並が途切れると、その遥か先に海が広がっていた。

「八階のこの部屋に入って、初めて海が見えるって分かったの。うれしかったわ。海を見るなんてめったになかったもの。ここに座っていると飽きないの。なんだか私、今まで突っ走ってきちゃったなあって。自然の中にいると、人も一緒なのだって感じがするわ」

よし子は遠くにあるものに優しいまなざしを向けていた。

店ではこんな話をしなかった。

「うちの近くの沢の水を汲んできた」

孝介からペットボトルを受けとると一口飲んで、笑顔になった。

「美味しい、柔らかいのね」

「さすが飲み屋の女将だ、水の味が分かる」

「以前の話よ。でも水が美味しいのは体に良いわ」

テーブルにスケッチブックがあった。色鉛筆と一緒に、売店で買ったのだという。窓からの風景が描かれていた。

孝介は、色鉛筆で雲の周囲を微妙にぼかした。紺色や灰色など、思いがけない色を加えて、絵に奥行きを出した。

「すごく良くなったわ。孝さん、絵が上手なのね」

「絵を描くのは昔から好きだったな。今度来たときには、ゆっくり一緒に描こう。それまでに何枚も描いておいて」

病気についてはあまり話したがらなかった。

医師に、治りたいという熱意がないのが問題だと言われたそうだ。

「お医者さんて、言わなくても、いろんなことが分かるのね」

よし子はちょっと肩をすくめた。治ったって孝さんの居ない生活に戻るだけだから張りがない。

それを言ってしまったら病気に負けると自分を叱るのだが……

別れ際に、孝介はよし子を包むように、優しく抱いた。


見舞ってから一か月過ぎたころ、よし子から連絡があった。外出許可を取ったので、静岡まで連れていってほしいとのことだった。外出許可が出るくらいなら良好なのだろう。

その日、よし子はグレーの柔らかいワンピースの上にダウンを羽織っていた。少し細くはなっていたが、店をやっていたときとそれほど変わらないように見える。

車に乗ると電話番号のメモを出して、ナビに入れてと言った。

平日の道路はゆったりとしている。

「静岡に何があるんだい?」

「もっと近くで海が見たいの。それとお魚が食べたいかな」

よし子の返事を聞いて楽しい気持ちが孝介にも伝わっていった。

国道から逸れて道が細くなるにつれ、緩やかな上り坂になった。

やがて広場が見えて、駐車場があった。広い公園のように見えた。目的地のようだった。さまざまな形の石が置かれていて、その向こうは見晴るかす駿河湾だった。広場には、海を見渡せるベンチが間隔を開けて並んでいた。

ベンチに腰かけると、よし子は孝介の手を取ってダウンの上に置き、両手で包むように撫でた。

「ここに私のお墓を買ったの」

よし子の言葉に孝介は息をのんだ。

「実家のお墓には母と五年前に亡くなった父が入っているの。そして父は自分より前に亡くなった女の人の骨もそこに納めたの。あの世に行けば三人で仲良くしてるのかなと思うけど、私は入りたくない」

しかし、だからといって自分の墓を買うなどと、孝介には考えられない。だまされて連れてこられた気がする。

「そんな顔しないで。良いところよ。みな一緒に入るんですって、だから寂しくないし、魂はきっとここから自由に飛び立つと思うの。海の見えるところで暮らすのが憧れだったの。気持ちいいわ。そして振り返ると、こっちは孝さんのいるところ。だから寂しくなったらそっちを向くの。そんな顔しないで。今すぐ死ぬってわけじゃないのよ。誰だって一度は死ぬんだから……

病気になっていろいろ考えたの。私は身寄りがないから、ほんとは孝さんのそばにいたいけど、それじゃあ自分の親と同じじゃない。許されないわ」

孝介は何もできない自分、何もしない自分に絶望的になった。

よし子の背中に腕を回し、抱き寄せた。

よし子は頭をもたせかけていた。

「なんていい気持ちなの……」

冬の光に輝く海はあくまでも明るく穏やかで、その静けさがなおさら孝介の辛さを引き出していった。

年が明けて、稲の準備まで農家は一息つくところだ。

正月でも美智子と由布子は戻ってこなかった。由布子は大学受験の冬季講習に通うと言ってきた。孝介も東京には行かなかった。

大寒を過ぎたころ、峠付近まで車を走らせた。また、岩の隙間から湧き出た水を、持参したペットボトルに満たした。

暮れに見舞った時よし子は、少し風邪気味だと言っていた。病院にいるのだから風邪ぐらい治るだろうと冗談を言ったものだ。

外来を抜け、明るいテラスを過ぎて入院病棟へ向かった。広いガラス窓から、日差しが廊下の奥まで差し込んでいた。

ナースステーションにいた若い看護師に、木村よし子の名を告げた。看護師は顔を上げ、孝介を凝視した。言葉はなく、スッと立ち上がって奥に消えた。

扉が開いて、以前にも会ったことのある婦長が現れて「面会室」と書かれた部屋に案内された。向かい合わせの椅子があり、座るようにと手で示した。

向かいに腰を下ろした婦長は、低い穏やかな声で話し始めた。年末の風邪の症状から高熱を出し、さまざまな治療が試みられたが、免疫力が低下していたために、病気に打ち勝つ力がなかった。正月の三日に息を引き取ったと。

「病気の方もそんなに悪かったのですか」

「検査の結果転移が見つかっていました。病気は波があります。肺炎が急激に悪くなったのです。抵抗力が弱まっているので菌に打ち勝てなかったのです。危篤になる前に、誰かお見舞いに来てほしい人はないかと伺ったのですが……」

婦長は孝介が連絡先を知らせておかなかったことで、事情があるのだと推察したのか、多くを語らなかった。

危篤になって身元引受人になっていた群馬県の伯父に連絡した。翌日、息子が伯父夫妻を連れてきたが間に合わなかった。こちらで簡単な葬儀をしていったようだ。支払いを済ませ、貴重品は持ち帰り、そのほかのものは処分してほしいとの要望だったと。

孝介の手元にスケッチブックが一冊残された。よし子から婦長に手渡されたものだ。

「もし、お見舞いに来てくれた人があったら渡してくださいと言われたのですが。お見舞いにいらしたのは、あなた様だけだったと思いまして……」

スケッチブックを手渡されて、孝介は不覚にも涙を流した。

立ち上がったが、言葉にならず、深く礼をして部屋を出た。

よし子は一人で逝ってしまった。

玄関の脇にまだ若い梅の木があった。堅いつぼみをつけている。孝介は、持参した水を静かに根元に注いだ。

翌週、孝介はまたペットボトルに湧き水を汲んだ。麓に目を移すと、稲株をつけたままの田が遠くまで広がっている。

立春を過ぎれば畑の仕事は準備が始まる。

県道に出ても車はなかった。さらに静岡への道を走った。よし子を隣に乗せて走ってから、半年も経っていない。俺はなんと馬鹿な男だと打ちのめされた思いは、このところずっと体から離れていかない。そばに居てくれるだけで良いなど、よし子の強がりだったに違いない。俺が逃げていたんだ。墓を買ったと聞いても、うちの墓に入れとは言わなかった。愛人を一緒の墓に入れたよし子の父親の方がずっと男気がある。死に水も取らせなかったのは薄情な俺を断ったからだ。

公園墓地の駐車場の梅は膨らんでいた。

よし子は墓の場所を教えなかった。あてずっぽうに探せるかと思ったが一面の墓だ。探すのを諦めて、駐車場脇にある事務所に入っていった。

初老の男が事務机の前に座っていた。

知人の墓参りに来たが、場所が分からないというと、台帳を取り出して調べ始めた。

「木村よし子さんという名では、墓地はありませんな。どなたかほかの方の名前では？」

そんなはずはない。

「普通墓地と芝生墓地と……どちらもありませんな。――共同墓地ですかね。亡くなった方が一緒に入られるんですが」

孝介はみんな一緒だから淋しくないと言ったのを思い出した。

そこかもしれないと言うと、別の台帳を取り出した。

「あっ、ありました。木村よし子さん。昨年購入されたのですね。しかしお骨は入っていません」

「そんなはずはない。本人は亡くなっているんだから！」

孝介の口調が強くなった。

「亡くなった方があれば必ず台帳に記入されます。亡くなった日や納骨の日付です。希望があれば宗派によってお坊さんをお願いしてお経をあげていただきます」

孝介の言い方に気を悪くしたのか、男は強い口調で言い返した。

孝介は広場へ戻った。

伯父という人がよし子の骨を持ち帰って、実家の墓に納めたのに違いない。

遺言はあったのだろうか、あったとしても結果は同じだろう。

広場の端にかなり大きなドーム型の金色の建物がある。そこが共同墓地だと聞いたが、よし子が居ないのでは参っても仕方がない。

持参した水をまた公園の梅の木の根元にかけた。

眼下の駿河湾は春の気配の柔らかな海が遥かに広がっていた。

これがよし子の意図した結果のはずはない。
前によし子と来たときに座ったベンチまで来た。
そこに座っても、よし子の気配を感じることさえなかった。
――よし子……
――どこにいる……
――伯父さんに連れられて帰ったのか……
――ずっと一緒に居たいと言ったのではなかったか……
――海を見ていたいと言ったではないか……
両手で頭を抱え、動くことができなかった。

農学部でのキャンパスライフ

お風呂から上がった由布子が冷蔵庫から牛乳を出しているのが見えた。何か言いたいことがあるのだろうか、いつもならすぐに自分の部屋に引っ込むのに、テーブルの前で所在なげにしている。

「中間テストが終わって、ほっとした？」

「まあね……あのね、四年制の大学ってすごくお金がかかるんだって。うちは、大丈夫？」

そんなことを心配していたのかと、美智子は娘をいじらしく思った。夫の孝介は、俺たちが大学に行かなかったから、子どもが進学したいと言ったら、必ず行かせてやると以前言っていた。もちろん美智子も同じ気持ちだった。

「どうして急にそんなこと心配するの？」

「クラスの男子で、お父さんが失業したから進学を諦める人がいるの。一年間働いてお金を貯めてから、試験を受けるんだって」

世の中の不景気が子どもたちにも影響を与えているのかと、美智子は胸が痛んだ。

「大丈夫よ、ちゃんと貯金してるから。その代わり、大学生になったら、小遣いくらいは自分で工面してほしいな」

「もちろん、アルバイトするから」

玄関のチャイムが鳴った。インターフォンから、宅急便ですの声。美智子は通信販売の品物を受け取った。

「化粧品を買ったら、来年の手帳が入ってきたわ。あげようか」

由布子は渡された手帳を広げて見た。見開きのカレンダーになっていて、予定が書き込めるページ、その後ろにも週ごとの予定表、あとは罫線があって書き込める。そのあとにも暮らしのヒントのようなものがある。

由布子はふっと笑って、美智子を見た。

「予定って、スマホに入れるから、いちいち書かないわ」

美智子は、あっと思った。時代がどんどん進んでいる。手帳は予定だけではないと思うけれど、忘れてはいけないこと、ちょっとした思いつき。書くかといえば、それほど書かない。

「母さんは使わないの」

「私もスマホのカレンダーにつけてるわ」

「手帳がプレゼントの化粧品会社って、高齢者向けってことね」

由布子からは屈託のない言葉が放たれた。

由布子は無事に希望の大学の農学部に合格した。

以来、忙しそうに毎日を過ごしていた。学校が遠いので一時限から授業があるときは、母親の美智子より先に出ていった。帰宅時間も定まらなかった。友だちとローテーションを組んで、アルバイトをしているのだ。大手衣料品の店員だが、アルバイトにも厳しい条件をつけられるという。

学費は夫の孝介が振り込んでくれた。日々の暮らしは賄ってゆける。小遣いを出してやれないこともないが、それくらいは自分で稼がせたい。

大学構内にリクルートスーツの人がいる。四年生は本格的に準備をする時期だそうだ。由布子たちの農学部でも先輩は就職活動をしているが、ほかの経済学部や商学部などとは少し雰囲気が違う気がする。企業に入っても、公務員になっても、専門職を目指したいとなると、農学部は範囲が狭まる。社会は景気が悪くなると、園芸などは予算を削られやすい。今年の就職状況を見ると、官公庁が多い。ほかは種苗関係、食品関係、総合商社、教育関係などもある。

由布子は植物に触れていたいのが理由で受験したが、将来どんな方向に進みたいかまでは深く考えていなかった。母が花屋で働いていた、故郷では父や身内が総出で農業をしていることなど、植物への馴染みが身に染み付いているのではないか。

七月の初め、学部から特別講演参加の呼びかけがあった。

「東日本大震災の被害と今後の支援について」とあった。大教室には三百人くらいの学生が集まり、関心の高さを示していた。初めにボランティアに参加してきた学生からの報告があった。プロジェクターで惨状を映し出しての説明だった。

「僕たちは家の中の泥をかき出しましたが、五人で一日働いても一軒全部の泥はかき出せませんでした」

先輩の話に会場は重く静まり返った。夏休みにも引き続きボランティアを組織して支援するそうだ。そのために参加できる人のスケジュールをクラスごとに作って、一週間単位くらいで埋めていってほしい。学校との話し合いでこの活動を一般教養の科目の中に振り替えてもらえるようにする。就活中の学生はボランティア活動の期間や内容を履歴書に記載する。

次は講師の話だった。プロジェクターの画面は柱だけの家と一面の泥だった。鍋や家財が転がっている。

「高齢の方が家ごと津波に流され、ご家族は亡くなりました。時計は三時二十八分で止まっています。津波がきた時刻です」

丸い時計は泥だらけのままで、針は三時二十八分を指していた。

「ここは昨年まで稲を作っていました。そこまで津波が来た。海岸線から五キロも奥です。この田は海水が入ってしまったので稲は作れないと言われましたが、何度も水替えをし、苗の品種や肥料も、新たに研究をしました。試験的に田植えにこぎつけました。こちらが七月時点での様子です」

一面の泥田の映像に続き、三十センチくらいに伸びた苗が一角だけ成長している。学生たちからどよめきが起きた。

由布子は父の田を思った。今ごろは青々としているだろう。目の前の泥田の画像に胸がいっぱいになり涙があふれた。

「これは試作用の田です。今後さらに改良を重ね、来年には本格的な田にできるように考えています。まだほとんどが泥のままです。まだ先は長いですが、関わっていきます。わが校のような歴史のある農学部は少ないのです。ボランティアもうちの学部でなければできないことを中心に進めていきます。今回の震災は、君たちの研究の方向や仕事や価値観を変えるのではないか、そう考えています。これが現実なのです」

うちの田はどうだろうか。由布子は農作業をしている父を思った。

秋のパスタ

日差しが弱まり始めていた。美智子は娘の由布子とターミナル駅で待ち合わせをした。久しぶりに外食をすることにしたのだ。もうすぐ夏休みも終わる。秋の気配があった。

由布子は一週間ほど東北へボランティアに行った。その辺りから口数が少なくなったような気がする。避難所で子どもたちの相手をしたことや、炊き出しの手伝いをしたことなど話してくれたが、話せないものを抱えてしまったのかもしれない。

美智子だってあの震災から自分の中の何かが変わった気がする。今まで大切だと思っていたものが何だかどうでも良くなり、もっと大切なものがあるはずと、渇くような思いが湧いてくるのだ。きっとみんなそうだろう。娘は若いから傷つきやすいだろうけれど、立ち直りも早いと思うことにした。

五時に由布子が現れた。細いジーンズが背を高く見せていた。

由布子が選んだのは、ビルの一階にあるテラスつきの店だった。

「こんなところで良いの？　もっとおしゃれなレストランを探したら」

「ううん、ここに座って外を見るのが好きなの。いろんな人が通るのを眺めてるの」

ガラス張りのテラスからは広場を行き交う人々が見える。週末のせいかのんびりした風景だ。

メニューにあった秋のパスタを頼んだ。鶏肉ときのこ、あさりと秋野菜、二人で半分ずつ分け合って秋の味を堪能した。

「家でも作れそうだけれど、これだけこまごまと材料を揃えるのは大変だわ。外で食べた方が良い」

半分は言い訳、半分本音だった。

「もうそろそろ後期が始まるのでしょう」

「そう、でもその前にもう一度東北に行こうかと、考えてるの」

内心では大学がおろそかになるほどボランティアにのめり込まないでほしいと親のエゴは承知で思った。

外に出ると夜風が気持ち良かった。

その時、駅から流れてきた人の中で、男性が立ち止まってこちらを見ていた。やがて穏やかな笑顔になって近づいてきた。

田村だった。

「こんばんは、奇遇ですね。お嬢さんと一緒ですか。似てられるので分かりましたよ」

由布子がまっすぐに田村を見つめているので、職場の上司だと紹介した。

由布子は上体を少し傾けて、背筋の伸びた美しい挨拶をした。

「食事は終えられたのですか。せっかくお二人に会えたのですから、お茶でも一緒にいかがですか。大学の話も伺いたいし」

「ありがとうございます。私はこれから約束があって、母と別れるところでした」

由布子はまっすぐに田村を見て言った。

そして母に向き直ってから、ちょっと手を上げ、改札口に消えていった。

美智子は何かが抜けていくような気がして体が揺らぎ、支えられた田村の支柱から、離れることができなかった。

今は追わない方が良いと田村が言った。

このままでは由布子に誤解されると思ったが、何を誤解されるというのか美智子には分からなくなってもいた。

ホテルの最上階にあるバーまで背中を押されるようにして連れてゆかれた。

「あの子失礼だわ。せっかくお茶に誘ってくださったのに。お断りするなんて」

「礼儀正しかったですよ。きちんと挨拶もしたし、あなたによく似ている」

私はあんな風に相手の顔を見られない。あんな強い表情をして。誰に似たのだろう。

美智子は田村に向けた由布子のきつい視線を思い出して気持ちが沈んだ。

「母親を好きだと思っている男に、好感を持つはずないでしょう」

当然のことを、という田村の口調に、美智子はますます混乱する。

美智子は気を取り直して、由布子が夏休みにボランティアに行った話をした。田村も被災地の関連会社を何度も訪れている。復興といっても地元の利権や思惑が絡み、前向きに前進できるという簡単なことではない。風土や習慣を無視すればかえってこじれると。

そんなところへ行って由布子は役に立てたのだろうか。帰ってきてから口数が少なくなったのも何か背負いきれない悩みを持ってきてしまったのではないか。

「大丈夫ですよ。被災地では若い人が食事を配ってくれるとみんなの顔が和んできます。若い人はいるだけでみんなを幸せにします」

だから田村も若い由布子を誘ったのか。

「いや、若いだけが良いんじゃない、ああ、あなただってまだ十分若いですよ」

美智子は声を出して笑った。

「今夜、初めて笑った」

田村は安堵したように話題を変えた。

美智子の時間が自由になってきたのだから、少し遠い出張も引き受けたらどうか。アジアやヨーロッパの花の栽培や買い付けも経験した方が良い。美智子の心の中を読み取る夢のような話だった。

十一時を回っていた。田村と別れて帰途についた。

「今夜は帰したくない気分だけれど、娘さんの気持ちをこれ以上傷つけるのは残酷だから」

そんなことが現実になるはずはない……


アパートは鍵が閉まっていて由布子はいなかった。

夜行便で釜石に向かいますと書き置きがあり、大きなバッグがなくなっていた。

浴室を開けるとぬくもりがあった。風呂に入ってから出かけたようだ。あちらに行くとなかなか風呂には入れないと言っていた。

湯船に浸かっていると、田村が、あなたも十分に若いと、ちょっと慌てた口調で言ったのを思い出し、お湯を腕にかけながら、また声に出して笑ってしまった。

ふと由布子が使うシャンプーの香りがした。あの子は田村の記憶を洗い流したくてお風呂に入っていったのではないか。

由布子の艶のある黒髪と香りが広がって見えた。


東北の朝はひんやりとして体が引き締まるようだった。

由布子と香枝は大学が出している夜行バスで早朝に到着した。朝食前に外に出てみた。高台にあるこの宿舎の下まで津波が来た。

庭を横切って通りに出た。

「あんなにあった漂流物が片付けられたのね。人間の力ってすごい」

震災直後のボランティアでは、がれきに埋まり悪臭が漂い、すべて黄土色をしている中で動いた。人が暮らしていたところとは思えなかった。みんな黙々とがれきの片付けをした。

今はまっさらになっている。ここにどれだけ多くの人の努力があったのかと思いを深くする。

「自然の力もすごかったけれどね」

階段を下りて坂を曲がった。二人は立ち止まって息を飲んだ。がれきが山積みされていた場所を水田に変え、苗を植えた。その苗が成長し、穂を垂れて行儀よく並んでいる。風が吹くと水面が揺れ、穂も重たげに揺れた。

「試験用の田んぼだ、ちゃんと育ってるのね」

海水をかぶった田を除塩するには何年もかかり、絶望的だといわれていた。地元の農家の青年たちと大学の農学部が、震災直後から激しい話し合いを続けてきた。転作の話も出たが、俺たちの命はコメだと。何年かかってもやるというのが農家の気持ちだった。

「ここにも人間の力がある……」

「力っていうより、パッションよ」

由布子は香枝の言うとおりだと思った。念ずれば叶うってこんなところにも言える。

「平田講師の仕事ね。丁寧で細かい」

昨夜バスの中で講師の平田は除塩の考案方法を話した。

土を起こしてから二十センチくらい水を張って、それが浸み落ちるのを待つ。それを繰り返したのだそうだ。塩分が抜けるまで、気の遠くなるような作業だ。それでも洗い流すより効率が良いのだと、ちょっと得意そうに笑った。

由布子は父の畑を思い浮かべた。一人で苗代を作り、土を起こして、田植え機に乗っている。もちろん伯父さんたちと一緒だ。そう思っても、由布子には父の背中が見える。

幸せの灯り

列車が停車した。乗降客は由布子を含めても数えるほどだった。木造の駅舎を出るともう薄暗くなっていた。ロータリーに出るとゆっくりとトラックが進んできて由布子の前で止まった。

「ありがと、迎えに来てくれて」

父の孝介は、ああ、というような声を出したきりだった。もっとうれしそうな顔をするか、おかえりと言ってくれるか、拍子抜けだ。

孝介は駅から出てくる我が子に胸が詰まった。妻の美智子だと思ったのだ。

由布子は若いときの美智子そのままだった。デートのたびに迎えに行った二十年前の美智子が、改札口から出てきた……。

「父さん」と声をかけられても声が出なかった。

県道を入ってから山道を上り由布子たちの村落が見えてきた。

「どこの家も灯りが見えるわね」

「雨戸は冬になんなきゃ締めない。サッシも良くなったし、昔ほど寒くもないから」

確かに家中の雨戸を立てるのは大仕事だった。カーテン越しの青い灯りや赤い灯が通り過ぎてゆく。あそこにはみんな人がいて、暮らしている。

夕食は新米と味噌汁、漬物、野菜の煮物。

「やっぱりうちのお米は美味しいわ」

孝介が笑顔になった。味噌汁も美味しいと由布子が言うと、たまに帰ったからってそんなにサービス言うなとまた笑った。

由布子は被災地で除塩しながら稲を作った話をした。専門的な説明はできなかったが、話を補って聞いてくれた。

「俺も高速が使えるようになってから行ってみたんだ。土地がどんなふうになったのか、自分で確かめたくてな。ありゃあ、もとに戻るには何十年もかかるな。どれだけ農家が残るか」

「土地の人もそう言って、それで大学も手伝うようになったの」

「由布子は園芸科に行ったんだろう?」

「それがね。どうしようかなあって、考え中」

由布子は孝介が何か言うかと待った。

父さんと農業をやろうかなと言ったら喜ぶだろうか。大切なことを軽くは言い出せなかった。

翌日、朝の出荷や畑の手入れを終えると、二人は街へ出て昼食をとった。

由布子がＤＩＹセンターに行きたいと言い、到着するとまっすぐにカーテン売場に行って品定めを始めた。

「うちの居間のカーテンも取り替えよう」

「痛んでもないし、いいよ、あのままで」

「こういうきれいなカーテンをうちにもかけたい。外から見たってきれいだし。夜なんか幸せそうな灯りに見えるし……」

「俺が一人でいて、幸せそうな灯りが見えてどうだって言うんだ。こんな派手なカーテンなんぞ下げたら、孝介のやつは頭に血が上ったんでねえかって言われるのがおちだ」

孝介の言いようは暗かった。

由布子は父の言葉に背中をたたかれた気がした。自分の浅はかさにも腹が立った。涙があふれ出て、慌てて止めようとしたが止められなかった。

孝介は自分の言ったことに我に返った。悪かった。言い過ぎた。由布子の気持ちも考えないで、済まなかったと繰り返した。

由布子はもっと辛かった。夕べあちこちから見えた幸せそうな灯りは、カーテンを変えたくらいでは訪れないのだ。そんなことに気づかなかった。そして父さんと暮らすと言い切れなかった自分をも許すことができなかった。


次の日はエンジンの音で目が覚めた。目覚ましは六時少し前を指していた。

父はもう畑に行ってきたようだ。由布子は素早く身支度を済ませて表に出た。

「おはよう」

「起きられたか」

「父さん、私を置いてくつもりだったでしょ」

孝介は笑っていた。無理に起こすつもりはなかったのは確かだ。

家から三十分ほど走るとリゾート地域になる。その一番奥にあるフォレスト・ビラッジに向かった。

地元の農家がグループで農産物の納入の契約をしている。従業員用の駐車場から台車で野菜の篭を運んだ。台車で三往復だ。厨房はすでに仕事が始まっていて排気口から湯気が漏れている。

白い上っ張りの男が現れて篭の中を見ながら孝介と話をする。

「ほうれん草はこのくらいのが使いやすいな。生でも喜ばれる。色がきれいだし、柔らかくて甘いから」

「ハウスの洋野菜も安定してきたから」

ハウスもグループ経営で数を増やしていた。

残りの野菜は表まで運んで、玄関通路脇に並べる。キャベツなどは小ぶりのものにする。とうもろこし、ほうれん草、きゅうり、トマトなど、とれたての野菜が朝日を浴びて艶やかに光っている。

七時を過ぎると散歩帰りの人が立ち寄る。食事を済ませた常連は目当ての野菜がなくならないうちに早めに来る。

由布子は高校生の時に来たときと同じように手伝った。

九時過ぎにはあらかた売れてしまう。

「帰る前に一日泳いだり温泉に浸かったりしてくるといい。支配人に頼んでやるから」

「それよりレストランに入れないかな。厨房の中で働いてみたい」

孝介には思いがけない提案のようだった。

下働きだぞと言う。もちろんそのつもりだ。

「父さんの野菜がお皿に乗るのが見たい」

昼過ぎに由布子はビラッジに行った。孝介が話を通してあったのですぐに白衣を渡され厨房に下りた。由布子と同じくらいの若者が仕事の手順を教えてくれた。そこでほとんどの時間を野菜の下処理に費やした。みずみずしくなった野菜を篭に盛り、大量に出るクズを始末する。かなりの力仕事だった。

夕食の時間になった。

オードブルを盛りつけるコックの手際に見とれる。彩り良く野菜が盛られ、虹色のドレッシングが仕上げの筋を描いている。

客室の席はほぼ埋まっているのが見える。ウェイターが前菜の皿を運んでいく。テーブルに花が咲いたようになる。

私は、あちらではなくこちらにいる。由布子はそれがとても不思議で、笑いたいような愉快な気分になった。

未来の選択肢

田村に告げられた店は表通りを一筋入ったところにあった。一間のガラス戸の前に「うかい」と書かれたスタンドがあった。中には灯りが灯っていたけれど、六時はまだ十分に明るかった。

戸を開けると威勢の良い声に迎えられて、田村のテーブルに案内された。

「何も言わないうちに案内されました」

「美しい女性が来たら僕の連れだからって言っておいたのです」

相変わらず穏やかな笑顔だった。

田村は先週ベトナムから帰国したばかりだった。何気なく美智子の仕事場に寄った風にして、日本食が食べたいので付き合ってくれませんかと言われた。

テーブルにはコスモスの一輪挿しが置かれていた。

田村に紹介されて入社し、十年近くになる。あのころの田村は商社の中心部から農産物関係に移されて荒れていたのかもしれない。気難しい人の印象を受けたものだ。

もっとも奥さんの病気のこともあったし……

「アジアはいかがでしたか」

田村は、どこへ行っても暑かったこと。最近、切り花は国内ものより輸入が増える傾向にある。今までは中国が中心だったが政情が不安なことや賃金が上がったことなどもあって、ベトナムやシンガポールにシフトしている。ただ、売れる花の作り方を知らないので指導が必要なのだと語った。

「ベトナム人は働き者で頭が良いのです」

そういえば娘の由布子の大学にもベトナムからの留学生がいると言っていた。

「それでしばらく海外に拠点を置くことにしました。シンガポールが住みやすいので、その辺りで」

ああ、これは別れの宴だったのか。美智子の胸の中をスーッと風が吹いていった。

「どのくらいですか」

「二年になるか、三年になるか、ずっと行きっ切りになるか。僕は一人だからどこにいても同じようなものです。ところで、シンガポールへ一緒に行ってもらえませんか。今日はそれをお誘いするつもりでした」

「仕事ですか」

声にしてから美智子は慌てた。気持ちの中で、会社の役割として行く印象よりも、田村と暮らすような思いの方が勝っていたということだ。

田村も一瞬、美智子の心中を考えたようだ。表情には出さなかったが、それからさりげなく話を戻した。

「そうですよ。こちらからの人手も必要なのです。あなたの経験も貴重です。現地の人を雇っているが、連絡などやはりこちらからの人が必要です」

思いがけない話に、美智子はうろたえるばかりだった。

食事が済んで、外に出ると、空気が冷たかった。コートを着てくれば良かった。体も気持ちも危うくなっている。

別れ際、田村が美智子のすぐ後ろに立って言った。

「本気で考えておいてください」

その声と一緒にかすかなグリーンシトラスの香りに包まれた。

シンガポール。美智子は娘の地図帳を出してきてアジアのページを開いた。日本からそれほど遠くはないのだ。

海外で仕事をする機会が自分に来るなどと思ってもいなかった。田村の下で美智子が仕事をする。そんな夢みたいなことが本当に起きるとは思えなかったのに。

「仕事ですか」と聞いたのは、田村と暮らす方がイメージしやすかったということだ。なんと軽率なことであったかと、体中が後悔で縮む思いだ。

ふと夫を思う。孝介はどうしているか。もう刈り入れは終わったのだろうか。農家の一番忙しい時期を迎えているはずだ。

夫はやっと慣れた東京の生活を捨てて故郷に戻ってしまった。

勝手といえば勝手だが、一緒に戻らなかった自分も自分だ。

由布子を転校させたくなかった。いえ、自分が帰りたくなくなっていた。それを後押しするように、園芸会社勤務の話をもらった。

農家の主婦になるより、好きな植物の栽培を管理する会社勤め。美智子にとってこんなにピッタリな仕事はない。それを捨てたくなかった。

でも、冷静になって考えれば今でも孝介が好きだ。あの一本気なところが……

美術室でイーゼルを並べていたときの真剣な眼差し、孝介の絵は透明感があった……

そしていつもグラウンドを黙々と走っていた陸上部の孝介、あのころから変わっていない。思い込んだら進む……

それにしても私はここでずっと勤めて、その先はどうなるか。

田村と一緒にいることを想像してみるが、どんなものか想像がつかない。それはめくるめくほどの幸せな日々である気もするが……

由布子がリビングに入ってきた。風呂上がりの肌がつやつやしている。

「見て、これ」

そう言いながらスマホの画面を美智子に差し出した。

「わあ、きれいな稲穂。どこの田んぼ？」

「うちの田んぼ。父さんが送ってきたの」

「あの人ガラケーだと思ったわ。スマホを使ってるの？」

「春にうちに帰ったときに買いに行って教えてあげたの。それでね、うちの大学で稲の品種改良をしているって話したの。化学肥料をあまり使わないで自然環境に強い品種を作っているの。父さんが育ててみたいって。教授に父さんを紹介して、田んぼ一枚分苗を買ったの」

画面をスクロールすると、頭を垂れた稲穂が金色に輝いて見える。

続いて画面いっぱいのコスモスが広がる。

次は両側にコスモスいっぱいの道。美智子のよく知っている道……

「フォレスト・ビラッジに通じる道と、あそこの空き地をコスモスでいっぱいにしたんですって。国道にある道の駅もコスモスを植えてコスモス街道って呼ばれてるの」

「スマホの画面って、本当にきれいね……」

「スマホのせいじゃないわ。コスモスがきれいなのよ。母さんも父さんに画像を送ってもらって、待ち受け画面にしたら」

由布子は笑いながらリビングを出ていった。

なぜ、今日、孝介の田んぼの話が……

孝介と田んぼに出ている自分の姿は、確かに思い描ける……


なんという色だろうか。薄くて暗いピンク、要するに地味なピンクだ。美智子はそんな色のツナギがあるのを面白いと思った。

園芸部では最近女性の働き手が多くなった。鉢植えの世話は細やかな女性に向いている。ポットを並べた篭も台車を使えば楽に運べる。それで女性らしい作業服が採用された。パートの人たちは珍しがって喜んで着ている。

美智子は、外部からの注文や発送の手続きなども手伝っているのでいつも外に居るとは限らなかった。それでも外の仕事が多い日はツナギに着替える。その方が周囲に溶け込めて安心なのだ。時間ができるとハウスを回るのが習慣になっている。朝顔の鉢が並んでいる。六月に一斉に出荷する。朝顔市の前辺りからだ。つぼみはたくさんつけているが、まだ咲かせない。

人の気配がした。白衣の若い女性だ。研究室の所属だろう。美智子は会ったことがあるか分からなかった。若い人は肌がきれいで、上手に化粧をしている。

「ここの温度は一定していませんね」

入り口のバインダーを見ながら女性が言った。

美智子も見てみた。確かに一定ではなかった。

「朝顔にちょうど良いくらいにしているのでしょう」

「どういうことですか」

「朝顔が気持ち良いと思うくらいに風を入れたり空調を使ったり」

「朝顔は植物ですから、気持ちが良いとかそういうことではなくて。気温は出荷まで常に一定にしておかないと困ります。管理が十分できているとはいえないですね」

女性は口をまっすぐに結んだ。そしておもむろに手持ちのタブレットを操作した。

「出荷まで二週間くらいですから、これからが大事な時期です。温度管理は研究室の方でやるようにします」

温度は十時、二時、五時に記録されている。美智子が見るときもあれば、男性の作業員のときもある。その日の仕事のはかどり具合で折り合ってきた。

天候によって温度を調節するようなことがあったが、確かにハウスの中だから一定にする方が科学的だろう。

「おばさんたちは、枯れた葉を摘むとか、土の乾き具合とかそういうことを忘れないでやってください。出荷に支障をきたすことがないように、目配りしてください」

白衣の女性は、ハウスから出ていった。

確かにピンクのツナギを着て作業している人たちは女性だからみんなおばさんだ。美智子も仲間のつもりでツナギを着ている。それは高慢な考えだったのかもしれない。パートのおばさんのところまで下りてゆくというような意識。もちろん自分が単なるおばさんの一人であることは間違いない。

美智子の仕事は種を発芽させ出荷することだ。その苗たちが作り出す美しい公園や庭が目に浮かぶ。この仕事に就いて以来、やりがいがあると満足していたが、それは自分一人の思い込みであって、誇りでも何でもないのだ。

感覚で農業をする私たちの時代はすでに終わっているのか……。

そこまで考えていて、ハタと気づいた。

私が田村の紹介だったことを知っている人もいただろう。今まではそのための忖度もあったのか。月日が経ち、人も変わり、そんなことは忘れられた。だから単なるおばさんなのだ。私は驕っていたか、甘えていたか。ハウスのガラスに映る美智子の姿は、単なる中年の女だった。

喫茶店「こもれび」

由布子たちは課題をまとめる準備を始めた。大学の図書館にはパソコンのコーナーがあって、学生証を提示し、個人でもらっているＩＤを入力すればいつでも使える。学生のＵＳＢメモリーからウイルスが入ったりするのでセキュリティーはかなり厳しい。そのためほとんどの学生が個人用のパソコンを持つようになったようだ。

由布子は空いている午後の時間を見計らって図書館に入った。パソコンを開いてパワーポイントを立ち上げた。由布子は稲作についての研究をまとめるつもりだった。

昔は干ばつや台風に強いイネ、病害虫に強いイネなどが研究されてきたが、最近は味の良いことが一番だった。そこへ震災があって、塩害に対応できるイネの研究も加わった。表にはかけ合わせる前の品種と新たに生まれた品種を並べ、味、生育の良し悪し、病害虫への強さなども入力する。

画像は大学の構内で生育している様子を順に並べた。

次に被災地の復興状況の画像。除塩の方法として、塩害のあった田に水を浸み込ませて沈めてゆく平田講師の方法を紹介した。そこでさまざまな稲を生育させた比較写真を並べる。

今年度はそれらの成果から新しい稲を開発した。名前は「あかり」。いろいろ凝った名前が出たのだけれど、最後は疲れてしまって「あかり」でいいよ、みたいなことに。

被災地でもかなり広い農地で収穫することができた。大学構内でもコメの収穫があった。それを炊いてみんなで食べた。米の旨味を再認識したのだった。

しかし問題がないわけではない。従来の化学薬品を使った場合は収穫が十アール当たり九俵くらいだが、あかりは化学肥料を抑えているために六俵くらいにしかならない。農家が農協に収めて買い取ってもらうやり方では採算が取れない。別の販売方法を検討できるだろうか。農協との話し合いも大きく影響してくるように思える。

そろそろデータを入力し終わろうというときに、香枝が入ってきた。バイトが終わったところだという。香枝は隣のパソコンにＵＳＢを差し込んだ。パワーポイントを開くと子どもの手のひらに真っ赤なイチゴが乗っている。

最初は画面いっぱいに並んだハウス。次が内部。階段状に並んだイチゴの苗、まだポットが見える。次に地植えではなく、ポットに使った材質のさまざまな種類やその成分表が並ぶ。実の糖度を増す交配も繰り返される。実の種類による糖度の違いも表になっている。次からはハウスの中でのイチゴの成長状態が日付入りで出てくる。

倉庫に移って女性たちのパック詰めの様子。

「これは私たちの活動とは関係ないからいらないかしら」

「農学部の研究というより復興の研究みたいね。今はそうなっちゃうね」

香枝は首を傾げる。

香枝はため息をついた。

「でも、貴重な経験だったし、元気づけられる……」

由布子がぼそっとつぶやいた。


いつの間にか夕方になった。二人は連れ立って校門を出た。まっすぐ行けば駅。香枝が、いつものおしゃれなチェーン店のカフェではなく特急の止まる二つ先の駅まで行こうと言った。

特急の止まる駅はさすがに駅前も店が多い。賑やかな広場を抜け、角を曲がると樹木の多い通りに入った。そこに焦げ茶色の木造の家があった。ガラス窓が昔の校舎のようにたくさんある。入り口に「こもれび」と看板があって、香枝が扉を押すとチリンと小さな音がした。窓際の席について外を見上げると、庭の木々の間から夕暮れの空が見えた。

「駅前のコーヒーショップは便利だけど好きじゃないの、淋し気で」

香枝の言葉に由布子はただ見つめるだけだった。淋し気って……

「たいてい一人で、壁に向かって座って、タブレットいじっている。本を読んでいる人もいるけど。話している人は営業っぽいし。自分にバリア張ってる気がする。ほんとは淋しいんじゃないかって思うの」

香枝は周囲を見回してから言った。

「ここの人は一人でも和んでる。話してる人も笑顔だし、空気が優しい気がするの」

「私は知らなかったよ、こんなお店があるなんて。香枝はよく来るの？」

「ううん、私も何回か来ただけ……」

コーヒーを頼んだ。内心で価格がいつもの二倍だと、お互いの心を読み合い、少し笑った。

クラシック音楽が流れている。

ここには講師の平田と来たのだと言った。

由布子は夏休みの間に二人のかかわりが深まったのを知った。

香枝は話の途中で、急に背筋を伸ばして言った。

「由布子、振り向いちゃダメ」

バッグの中から手のひらサイズの鏡を取り出して由布子に渡しながら言った。

「背中越しの一番奥の席が鏡に映るようにしてみて」

言われた通りに鏡を操作すると、母の美智子の姿があった。一緒の人は知っているかと聞かれ、以前上司だと紹介されたことがあると小さい声で答えた。

「『ママ、偶然ね、友達と一緒なの！』って明るく言っちゃえば、おごってもらえるよ」

「香枝はできるの？」

「ウーン、ご免……」

「いいから、香枝の話をして」

「何か、ちょっと、しにくくなった……」

とっさに香枝がうつむいてカバンの中を探すそぶりをした。チリンとベルが鳴り、客が出ていく気配がした。香枝が目を上げて追った。

「あの人たち、何でもないと思う」

「何でもないって、どういう意味よ」

「だからさ、何でもないってことよ。そういうの、見るだけで分かるようになるのよ」

由布子には、香枝の表情が読み切れなかった。

その日は次のボランティア活動の日程を打ち合わせて別れた。


大学提供の夜行バスに乗って被災地に向かった。がれきの片付けが終わってからのボランティアは本格的に農業に関するものになった。

一度被災地になった場所を農地に戻すのは大変な苦労だった。農水省や各大学などの研究機関が取り組んでいる。由布子たちの大学も種の品種改良や汚染土壌の改良方法などを研究している。いずれにしても膨大な費用がかかる。

ニュースなどで復興助成金の流用などとあると、こちらに回してほしいとみんなで腹を立てて話題にする。

今回由布子たちが訪問したところは、ピカピカのハウスが一六〇棟くらい並んでいるイチゴハウスだ。

誇らしさに、目がくらむようだ。

宮城県はイチゴの名産地だったが、震災でこの地区は九十五％が流された。住宅も流出し犠牲者も出た。それでもなんとかがれきを撤去したが問題はそれからだった。土壌が塩分を含み地下水までも浸み込んでいた。イチゴ栽培は絶望的だった。

そこへ復興資金を百億円投入してイチゴ団地の建設をした。土壌が使えないので高床の栽培方式を導入した。由布子たちの大学では栽培に使用する土の研究に参加していたのだった。

無菌性の土を使ったり、籾殻を敷いて水の流通を良くしたり、さまざまの方法を試した。一方イチゴの苗の栽培も手伝った。大学の温室で育てた苗をカップに入れて大量に運んだ。

被災地のボランティアでも、ここの人たちは前向きで明るい。女性の働く場所があるから、先への希望を持てるのだろう。

「毎朝、お仏壇に水とご飯を備えて、行ってくるねって言うの」

一緒に仕事をした女性は、娘さんと四歳の孫を目の前で救えなかったそうだ。

命をもらったんだから愚痴言ってたら申し訳ない。あの子たちの分まで働かなくてはと。

イチゴは期間をずらして栽培しているので収穫はいつもある。

由布子も仕事に参加している達成感を味わうことができる。

昼間の仕事が終わってから、夕食後に近所の子どもたちが集まっている部屋へ行った。集会室の一つを勉強用に使っている。家族の仮設は狭いので集中できないからだ。

ノートを広げている子どもたちの中に、中学生の女の子がいた。以前にも会って、一緒に勉強した。

「頑張ってるね」

由布子が声をかけるとにっこりしたが、すぐノートに目を戻した。数学の問題に手間取っているようだ。

図形ってのめり込むと全体が見えなくなる……

由布子はノートを見て、余計なことかなと思いながら、

「あのさ、補助線引くってどう……」

女の子はじっと問題を見つめていたが、あっと言うように顔を上げて由布子を見た。

「ごめんね、おせっかいだったね」

女の子は首を振りながら、はじけるような笑顔になった。

由布子はピースサイン。勉強が好きっていいな。

そして仮設住宅の空いている部屋に泊まった。先の見通しのできた人から家を建てて出てゆくのだろう。


翌日はあとから到着したグループと一緒に米農家を訪問した。地域の農家が集まって共同で作業をする。若い人たちが農協とは別の組織を作って活動をしている。震災の後にその傾向は強くなった。

由布子たちが行くととても喜んでくれる。

「たいして役には立たないけれど」

香枝が言うと、出迎えてくれた長老格の人が、学生さんたちは馴染みになったからなあとしみじみとした言い方だった。

ハウスで苗床に籾を蒔いて苗の準備を手伝った。外ではトラクターや肥料の準備も始まっている。

ボランティア活動が終了し、みんなで並んで挨拶した。

また来ますと言ったけれど、現実には就職活動やそれぞれの進路がある。自分たちはそういう都合を言えるが、土地の人は一生ここで頑張ってゆくのだ。お互いにそのことを深く意識した瞬間でもあった。

髪型を変えて

土曜日のキャンパスはとても静かだ。

事務棟からスーツ姿の香枝が現れた。

「学食開いているはずよ。行ってみよう」

地下の学食は二、三人のグループのほか、運動部が遅い昼食をとっていた。

「私、中島興産受けるから」

香枝はじっと由布子の目を見て言った。由布子も香枝の目を見た。

「事務職で受けるから、配属はどこになるか分からない。でも何を与えられても面白いと思って向かう覚悟なの。商社だから海外勤務も視野に入ってるの」

「方針が決まって、ショートにしたの？」

「面接のとき、ショートの方ができる女っぽいでしょ」

髪をパッと振ってから、特上の笑顔を見せた。

「平田講師はね、大学のコースに乗れなかったらしくて、海外青年協力隊に行くことにしたんですって」

「その方が良いみたいな気がするね」

「私もそう思ったわ。私もチャンスがあれば海外で働きたい。で、平田講師とは終わりになったの」

「どうして？　意見が食い違ったわけではないでしょ？」

「うん、でもそれぞれ目標ができたから、愛はおしまい」

「えっ、愛はおしまいって、どういうことなの？」

「一緒に行かないかと言われたけれど、私は自分の目標に進みたかったし。愛は生きる目標にはならない」

誰かを愛したときにどうなるのか、生きることの中に、愛という抽象的なものがどんな位置を占めるのか。

「由布子もいつか誰かを愛したら、愛の位置を考えると思う。ところで農学部出身だから、園芸方面の配属もあるかも知れない。由布子のママの部下になるね」

「母は中途採用だし現場にいるから、そんなことはないと思う」

「でも先輩ではある。ちょっと楽しみ」

由布子は何回か偶然出会った、母の後ろの男を一瞬だけ感じた。

「由布子は決めたの？」

「家に帰る。父と農業をやってみたいの。最近はブランド野菜として新しいものに挑戦しているし、都会とはつながっている感じ。外から都会を見るのも面白い気がする」

かつて父も故郷を捨てて都会に来た。それなのにまた戻った。

なぜか知りたい。父と一緒に帰ろうとしない母はなぜなのか。

「それに被災地ともつながっていたいの。あそこで大きくなった子たちが農業を好きになってくれたらうれしいし……」

「由布子の進路は日本の宝よ。お世辞ではなくて、日本の将来に食糧はとても大切な問題だもの。お父さんと働くということは、いつか由布子が家業を継ぐことよね。今の時代、婿を取れとまでは言われないかもしれないけれど、一緒にやってゆく人を見つけないとね」

「そんなこと。結婚は愛しあった同士がするものよ。家のためなんて……」

「また愛が出たわね。由布子は文学少女だから。ひと昔前はほとんどが家のために結婚したのよ。見合い結婚だから、釣り合いが取れるってそういうことでしょ。学部の山崎先輩か浩太君か、今のうちに掴まえておいた方がいい。本気よ。由布子のためよ」

農家の後継者不足の話題はよく聞く。

後継者のいない田畑を農協が一括で借り受けて機械化し、作物で支給すると父から聞いている。まして女の後継者などあり得ないか。香枝の真剣な眼差しが由布子の胸を突く。

父さんと母さんは愛し合って結婚したはずなのに……

元気な香枝と別れて帰路についた。空が高かった。その青空一面に筋雲が掃くように広がっていた。キャンパスの樹木が黄色や茶色のグラデーションになっている。

由布子は四十分ほど電車に乗り、下車駅の駅ビルに入った。書籍売り場で平積みの表紙を眺め、雑誌のコーナーで表紙の特集文字を見て歩いた。雑貨のコーナーもゆっくり回り、アロマオイルを入れる加湿器の前で立ち止まったりした。

外に出ると暗くなっていた。アパートまでの十五分は足が速くなった。今日は母さんがいるんだ、由布子は突然思い出した。そのとき胸の中がふっと温かくなった気がした。

小さいころ、母が休みの日は帰り道がうれしかった。「ただいま」と言って、「おかえり」と聞く。そのあとはおやつを食べれば外に遊びに行ってしまったりしたのだけれど、母がうちにいるというだけで、気持ちが弾んだ気がする。

二十二歳になっていまさらと思うけれど、おんなじだな……

「ただいま」

「おかえり」

由布子は声に出して笑ってしまった。

「どうしたの？」

「ううん、小さいとき、母さんがお休みの日はスキップしながら帰ってきたなって」

「今日もスキップしながら帰ってきたの？」

「まさか！」

着替えを済ませた由布子がリビングに入ってきた。

「あっ、おでんか、ゆで卵入ってるよね」

「入ってるわよ」

小さい時からおでんのゆで卵が由布子のお気に入りだった。ゆで卵は欠かせない。

お盆を持った美智子の髪型がすっきりきれいになっていた。

「美容院に行ったの？」

美智子は笑いながらうなずいた。

「カットに行ったのだけど、白髪が目立ったの。私が気にしたら美容師さんに、ヘアカラーしてみますかって勧められて。なんとなくハイって言ってしまって」

「きれいな色だわ」

「黒は老けて見えるんですって、お任せって感じでお願いしたらこんなになったの」

美智子はちょっと照れたように言った。四十代の母はまだ若い。

由布子はそのことに気づいて驚いた。

母以外の見方があるのだと、いまさら気づいた。全体に金色のメッシュがリズミカルに入っている。メッシュもお任せなのだろうか。

「今日、香枝が長い髪をバッサリ切ってきたの。髪を切るって何かあるのよね……香枝に何かあったのか聞いたんだけど何にもないって笑ってるの。まさか、母さんにも何かあったわけではないわよね」

美智子は一瞬固まったようになったが、

「私ぐらいの歳になって、髪を切りたくなるほどのショックはなかなかないでしょ」

穏やかな返事をした。

由布子自身はセミロングの髪を変えていない。

でも、学校では香枝にドキッとさせられて、家では母の別の姿を知らされた。

母のメッシュ、リズミカルな……

由布子はおでんを食べながらさりげなく言った。

「私、家に帰ることにするから」

「家って……」

由布子の言葉は、美智子を傷つけると分かって発せられている。

由布子にとっても母の美智子にとっても、家はここではなく父親の孝介がいるところだというわけだ。

「もう決めたのね」

「母さんは反対するの？」

「あなたが決めたことに反対はしないわ」

美智子はさりげなく目をそらした。一緒に帰ると言うことを期待しているのか。

都会の暮らしは心細くはあったが、田舎のように噂話に加わることもなく、近所に気を遣うこともない。今ではそれが楽だと感じられるようになっていた。

「父さんが帰るって決めた時に、どうして一緒に帰らなかったの？　父さんと暮らすのが嫌になったわけではないでしょ？」

「そんなことあるわけないでしょ」

ひとことで答えられるようなことではない。

あのころの孝介の中は、以前の孝介とは違っていた気がする。取り付く島がないというような、孝介自身の抱えているものでいっぱいのような気配だった。

この子は何でも白か黒かと決めたがる。

私はただ孝介が好きだったはずだ。農家だろうと工務店だろうと孝介と一緒なら良かったのだ。

でも、都会が孝介を変えた気がする……

「今の会社がそんなに面白いわけ？」

何を聞きたいのか。美智子は由布子の目を見た。

田村の影がすっと美智子をよぎった。

由布子が見つめ返してきた。この子は何を知っているのだろう。

私の心の中を見透かそうとするのか。

「面白いわよ。輸入物の切り花なんて扱っているもの」

「植物の世話は家でもできるんじゃない」

「そうね。生きてゆくのなんて、どこでも同じかもしれない……」

希望に満ちた将来に向かっている娘に、親の葛藤など理解できないだろう。

美智子の投げやりな言い方が由布子の気持ちを固くさせたようだ。

会話はそこでふっつり終わり、食事に集中している様子を見せていた。

由布子が父と暮らすのを選んだのは、父の穏やかな性格や実直なところを感じ取れるようになったからかもしれない。

それだったら美智子にも由布子の気持ちがよく理解できる。

その上、農学部での四年間で、由布子は土のぬくもりも学んだのだろう。

Iターン

由布子は父のもとへ戻った。

思えば受験校に農学部を選んだころから気持ちのどこかにあったのかもしれない。

大学を終えて実家に戻ってきたことに驚いた人もいたけれど、ほとんどが喜んで迎えてくれた。それがとてもうれしかった。小学校二年生まで過ごしたから今も知っている人に囲まれている。恵まれているのかもしれない。

五時には孝介のトラックに便乗してフォレスト・ビラッジに行く。厨房に野菜を納め、表に回ると朝市の準備をする。

由布子は品物がなくなる十時ころまでお客の相手をする。そのころ孝介が畑の作業を中断して片付けに来る。

「虫がつかねえように見張ってるんだろ」

とからかわれるが、そんなつもりはない。

ホテルに行けば、レストランの野菜の納入状況や、変更の打ち合わせもできる。ついでにロビーや玄関口が片付いているか点検もするのだ。

これは言い訳か……

いずれにしても由布子に免許を取らせて、軽自動車くらい買ってやらなければと思ってはいる。この辺りでは車が一人一台になっているのだ。農作業の機械を動かすにも免許が必要だ。

「自動車学校の手続きはしたか」

「田植えが終わったら行くの。目標は二か月で取ること」

「免許取れたら、東北に行ってみないか」

「私がボランティアしていたところへ？」

「俺も震災の少しあとに行ってみたんだが、あそこが田んぼになったって言うからどんなになったか見たいんだ」

「父さんが行ったら、みんな喜ぶと思うな、稲の話とかできるし。それに私も会いたい子がいるの。高校受験で、仮設で勉強していたの。無事に高校生になったか気になってる」

「そうか、いつ行けるかは由布子次第ってことだ」

「何だかやる気が湧いてきたわ」

「頑張れよ」

孝介は笑っていた。

田植えの時期になった。

田んぼには水が張られていた。うちの田んぼ、叔父の田んぼ、それから本家の田んぼ。父の従弟が農家を継いでいる。田植えのために、三軒の身内がみな集まっているはずだ。由布子はきょうだいがいないから、田植えの集まりが小さい時から楽しみだった。今は若い人たちは家を離れたところが多いが、この時期はみんな手伝いに戻ってくる。

その日、由布子が田へ行くと、もうみんな揃っていた。久しぶりと笑顔が交わされる。

田植えは小型の乗用田植え機で行われる。孝介が戻ったときにこの三軒の家で共同購入したものだ。一年でたった数日しか使わない。前はＪＡから借りていたが、計画通りに進めるには持っていた方が良いということになったそうだ。

一日目は本家の田植え。苗箱を運ぶような力仕事は若者たちがやった。町に出た従兄たちもこの時は帰ってくる。田植え機を操作するのは本家の伯父、父の孝介そして伯父の息子の和也が中心だ。

ただ今年はちょっと雰囲気が変わっていた。若い人たちが「隅々まで手植えの要らない効率的な運転方法」をパソコンのソフトを使って考え出したのだ。みんながいろんな情報を持ち寄っている。理論は若者だが、理論通りに動かすのは親たち世代なので田んぼの周りが賑やかな議論の場になった。

前の晩に集まって打ち合わせは済んでいた。だが、実際に田に出ると思い通りにはゆかない。田の中の周囲一周分は最後にぐるっと回りながら植えるから、その空間を残して止まるようにする。ところが運転している方は、本能的に隅まで突っ込む。そのたびに止まれ、行き過ぎと、大声が飛ぶ。

「分かってねえんだなあ、手植えしないって工夫してんだぞ」

「そんなこと言ったって、勝手に隅まで行きたがるんだよお」

畔の周りを走り回り、けんかしながら笑っている。
父がこんなに笑っているのを見るのはいつ以来だろうかと由布子は思った。
それから本家の伯母や和也の奥さんと昼ごはんとお茶うけを作りに行った。

田植え仕事が完了した日の夜、本家で慰労会を開いた。本家の伯母さんは筍ご飯や菜の花の煮浸し、筑前炊き。お嫁さんは餃子を五十個も作って焼くばかりにしていた。男の子がいるから慣れているのだ。隣の叔父さんのところは春野菜の天ぷら山盛り。

打ち上げの相談のときに、伯母さんから由布子ちゃんはうちで手伝ってくれたらいいからと言われた。今まで、父一人では何のごちそうも持ってゆけなかったろう。父はどんな気持ちだったろうか。

男たちが機械の片付けを始めたころ、由布子は家に戻って強力粉でピザの台を捏ね始めた。叔父さんの家はキッチンを今風にリフォームして大きなオーブンがあるのを見たのだ。具の準備は伯母さんたちと買い物に行ったときに一緒に買ってきた。

田植えの作業は計画通りゆき、持ち寄りのご馳走を前に、みな上機嫌だった。

由布子がオーブン二段を使って焼いたピザは案外うまくいった。両手に乗せて持ってゆくと、子どもたちが「宅配じゃないピザ！」と大きな声を出して手をたたき、みんなを笑わせた。

由布子は父が複雑な表情なのを見た。孝介が東京にいたころは、日曜日の午後は美智子と由布子がよくピザを作ったのだ。作り方はその時覚えた。忘れていなかった。

今年は田植えの面積が多かった。高齢になった家で、田を使ってくれないかとの依頼が五軒もあったのだ。今までは隣同士で助け合った農家だから引き受けていた。しかし今年はその依頼を本家の伯父たちは正式の契約にした。都会に出ているあと継ぎが、田んぼを売るからと、唐突に言ってきたりする。なあなあで使っていたりすると、好意からであっても裁判沙汰になることもある。だからといって田が放棄されたら、水耕の苦労や害虫の発生などこちらにも影響が及ぶ。

現在の農家の収入は野菜によっている方が多い。しかし農家なら米を作っているというのが矜持だ。

野菜は新しい工夫が次々にあって面白みもあるし、女たちの出番も多い。野菜を小分けにしたり、レシピやメッセージを打ち込んで入れたりする。農家の女たちの元気のもとにもなっているのだ。由布子はこの仕事の強力な助っ人になった。

「花を栽培するハウスを作ったらどうかしら。道の駅にも置いてもらえるでしょう」

本家の若いお嫁さんが提案する。

「いいね、女だけでやる花のハウス。水やりも温度もパソコンで管理できるから」

「私たちで結構やれるんじゃないかな」

男たちの酒盛りの一方で、女たちも夢を語っている。すぐにでも動き出しそうだ。

お開きになって表に出た。颯太は明日出発する。

従兄の颯太は松本の会社に勤務し一人暮らしをしている。

颯太にゆくゆくは戻るつもりか聞いてみた。それも考えているけれど、今付き合っている人が農業の跡を継ぐことを承知するか分からないという。好きだったら一緒に行くということにはならないのだろうか。

自分はどうだろうか、学部の人を思い浮かべた。香枝の忠告はあったけれど、一緒に農業をする人を探すのは不可能に近い。

「由布子ちゃん、空、すごいぞ、星――」

颯太が声を上げた。満天の星空だ。

「父さん、すごい、満天の星よ！」

「晴れてりゃ星はいつでもある。珍しくもねえ」

孝介は空を見上げたものの、ブスッとつぶやいて歩き出した。

颯太と由布子は一瞬顔を見合わせ、笑い出した。

都会にはこんな星空はない。父さんだって東京で暮らしたのに。東京では、空なんか見なかったのかもしれない。満天の星が滲んで見えた。

ターニングポイント

美智子は自分の生きている間にこのような世の中が来ようとは思ってもいなかった。コロナ禍のために、出勤は週に二・三日となった。植物が相手だから仕事はあるのだが、ＩＴ化し、機械を多く導入したことで人手はかからなくなったのだ。緊急事態宣言は解け、少しずつ戻ってきているが油断はならない。収束しても人員の整理はあるだろう。

最初に対象になるのは自分のような立場の者だ。

もし、以前の花屋に再就職を頼んだとしても若い人が優先だろう。

美智子は空いた時間を使って何かしたいと思ったが、特にやりたいことも思いつかなかった。近所の人と付き合うことはなかった。職場のパートの人たちは、仕事の合間に旅行に行ったり、コンサートに行ったりしているようだったが、あの人たちは、家族がいて、家計の助けか、小遣い稼ぎに働いているのだろう。私は生活のために働かなくてはならないのだ。

転職をするために資格を取るなどしたらどうだろうか、四十代でいまさら資格は無理だろうか。

帰宅して鍵を開け空気の動いていない部屋に入る。

これから十年、二十年、こんな暮らしを続けるのか。

何のために生きているのだろう。でも、娘がいたら娘のため、夫がいたら夫のために生きるとしたら、やはりそこには私は居ない。

私が生きていると実感できる生き方はどこにあるのだろう。

仕事以外に何か打ち込めるものがあったら……

仕事は生活のために必要だが、それだけで生きてゆくのは空しい。

スマホの着信が鳴った。

「こんばんは、帰国しました。このたびは少し長く滞在する予定です。食事を一緒にしていただけますか。

都合のつく日をいくつかお知らせください。

お会いできるのを楽しみにしております。

田村」

画像が添付されている。

シンガポールの町並、空港、夜の観光地。

「落ち着いた街です」

輝くような夜景が美しい。


住宅街にある小さな灯、いつもの店だ。といってもこの店に田村と訪れた回数は多くはない。それでも常連客のように、丁寧に迎え入れられる。田村は奥の席で穏やかな笑顔だった。

「元気そうですね」

「はい、おかげさまで。出勤日が少なくなって、時間の余裕ができました」

「そうですね、こんなことになるとは考えもしなかったが……」

「あちらはいかがですか」

「やはり混乱が続いています。落ち着くにはかなり時間がかかるでしょう。娘さんは卒業されて帰られたのですか」

「はい、農業をやっているようです」

「それはまあ、安心というか……」

「私とより、父親との方が合うのでしょう」

美智子は冗談と本音を取り交ぜたような言い方をした。

「もともと農学部園芸科に入るくらいだから、自然の中にいるのが好きなのでしょう」

そうかもしれない、父親譲りか。

「あなたは……」

「私……」

一緒に帰らなかったのかと聞かれているのだろうか。

由布子が帰った時点で仕送りを断り1Kのマンションに移った。孝介は都会の生活を知っているから、大丈夫なのか、やってゆけるのかと心配した。

帰るなら孝介のとき、由布子が帰るとき。二回も時期を逸した。いや、由布子が大学生になった時は由布子を一人暮らしにして、美智子は孝介のもとに帰るという選択もあったのだ。

「前にも言いましたが、こちらへ来ませんか。一人で暮らすようになったのなら、これからは、もうあなたの時間でしょう」

その話になるのではと、予感があった。

「今回お願いするのは、社員としてではありません。僕のパートナーとして、一緒に暮らしていただきたいというお願いです」

美智子は内心ひどく驚いた。最初に私が間違って聞いたことが現実になった。

誰も知らない外国で、田村と二人自由に暮らせる。


「――お返事は、いつまでですか」

「いつまででも待ちますよ。しばらくこちらにいますから。でも、もちろんすぐにOKをいただけるのが一番ですよ」

あの、白衣を着た女性を思い浮かべた。会社での私は必要なくなっている……

いろいろな事柄が胸中に湧き上がってくる。

田村が東京に居るというだけで、美智子の気持ちが和む。

もちろんいつも会っているわけではないがいつでも会えると思うだけで安心できるのだ。

でも、田村の提案には結論が出ず、まだ考え中だった。

出勤日以外はほとんど引きこもりで暮らしていた。

田村は、そんな美智子をさりげなく呼び出してくれた。

「私もあと少しで五十歳になります。これからの十年か十五年くらいを生きてゆくのに、今のままではいけないと考え始めました。何か打ち込めるものがあると良いのですが。でも、いまさら方向転換は難しいです……」

美智子は自分の言葉を打ち消すようにうつむく。

「いつの間にか十年が過ぎました」

「そうか、あのころ由布子さんは中学生でしたね。その娘さんが大学を卒業した……」

美智子は少しも変わらないつもりだし、田村との間も温かいつながりを持てている。でも、あの中学生だった由布子の今を思うと時間は容赦なく過ぎたのだと実感する。

「若い人は柔軟性がある。そういう人たちが新しい世の中を作ってゆくのだろう……いや、あなただってまだ十分若い、新しいことに挑戦するのに遅くはない」

美智子が小さな笑い声を立てた。

「同じことを以前にも言われました」

「会社の状況からあなたが退社を考えるのではないかと思ったが。何かを身につけるのは、こちらで暮らすということですよね」

田村は確認するように言った。

「東京で暮らすなら、僕がお願いしたことも考慮に入れてほしい。あなたが自由に幸せに生きる姿を近くで見ていたい」

私はずるい。

この言葉を聞きたくて、迷うが如くに田村に語っているのだ。

あとを押してほしくて、迷いを吹っきりたくて。

あの夢のような誘いをもう一度確かめたくて……

コロナの騒ぎが収まったら、新しい自分になれるか。


美智子が決断のつかない日を送っているころ、由布子から近況を知らせるメッセージが届いた。

「ビッグニュースです。香枝が来年度から念願のアジア勤務のメンバーに内示があったそうです。それが夢だったから張り切っているの。ゆくゆくは世界を回る人になると思います。香枝らしくできる女になってほしい。私は自分のことのようにうれしいです」

そういうことだったのか。

海外の市場を充実させるという田村の構想は成功したのだ。しかし会社の方針は、海外に社員を派遣するなら、将来性のある若者にする。当然の結論だ。

美智子を社員として連れてゆくという田村の私情は、闇のままで浮かぶことはなかったのだ。田村もそれで吹っ切れたのだろう。それなら美智子を伴侶として連れてゆこうと。

美智子は娘の由布子から届いたスマホの画面を見つめていた。由布子の友達が田村の部下として海外勤務になる。喜んで良いことなのに、考えているとみぞおちの辺りに重いものが溜まってゆく。

美智子は冷静になろうとした。結局若さに負けたのだ。

当然のことだ、ＩＴを駆使し、外国語が堪能で、世界に羽ばたいてゆこうとする人材だ。以前、花のハウスの中で、若い女性から、おばさんたちは温度管理をちゃんとやっていてくださいと言われたことも思い出した。田村でさえ時代の流れに誤算があったのだ。

笑って済ませば良いことだ。

落ち着いて考えてみる。

一つ目、家に帰る。孝介がいて、由布子がいる。子どものころからずっと暮らしてきた田舎の生活。暮らしの様子がずっと先まで見える、安心な暮らし……

ただ、私は一度都会に出てしまったから戻ったとしても、村の人の目は今までとは違う。村の人のほとんどが一度はしてみたい都会の暮らしを経験してしまった。

もう以前の私には戻れない。周囲との付き合いは辛い気がする。

二つ目は、目くるめくような未来だ。初めて聞いたときは夢のような話だと胸が高鳴った。古いものから解き放たれて海外で暮らす。大変なこともあるだろうし、不安もあるけれど田村が一緒だ。穏やかで誠実な人柄はずっと変わっていない。

たまたま娘の親友が田村の部下となったからといって、こだわることはないのだ。

自分が外されて若い人に決まった時に波立ったのは嫉妬だ。

歳を忘れて女だけが狂った。この歳になっても、自分の中に激しい女が生きていることに驚いた。この分では、女は一生ついて回るのかもしれない。

一方で、この歳になって新しい愛をはぐくもうなどという魂胆自体が、何か恐ろしいものに阻まれるような予感さえする。

もし本当に自分らしい納得のゆく生き方を全うしたいのなら、誰にも頼らず、一人で生きる。誰に気兼ねをすることもなく、そういうことではないのか。

それと何か勉強がしてみたい。以前、大学の公開講座のパンフレットを見たことがあった。都会に暮らすと大人になってからでも、勉強することもできるのかとちょっと興味を持った。公的な機関で主催しているものの方が取り付きやすいか。今までは眺めるだけだったけれど。

いや、一人で暮らすというのはそんな楽なことではないだろう。仕事を見つけなくてはならない。あと、十年から十五年働ける職場。新聞の求人広告欄を見ると、ビルの清掃や倉庫の中の作業など短期のものが多い。真剣に考えると、中年の女が何の資格も持たずに東京で生きてゆくのは、並たいていのことではないと分かる。

それでも諦めたら悔いが残る気がする。

何日も考えて、堂々巡りで結論は出ず、美智子は疲れ果ててしまった。自分の行く先を決めるということは自分で責任を持つことだ。

「自分のわがままなのですが、これから田舎に戻ってずっと暮らしたら、歳を取ってから、後悔するようになる気がします」

田村は美智子が家族のもとに帰らない気持ちを理解してくれた。

「これからは、あなたらしく生きればよい」

ところがそうはゆかない。

自分の行動が娘の由布子に与える影響を考えたのだ。

もし、田村と一緒になったら許さないだろう。

それは仕方がないとして……

由布子自身の血の中に、夫とは別の男を好きになるような多情な母の血が入っていることに苦しむのではないか。由布子自身が人を愛したり、結婚して家庭を作ろうとするときに、臆病になりはしないか……

私のせいで由布子の人生に迷いが生じるなら、私は自分を許すことができないだろう。きっと自分を責め続けて生きるだろう。


「人間が一生の間に一人しか愛してはいけないということはない。愛はそんなに狭いものではないでしょう。ただ、厄介でなかなか思うようにはならないけれどね。周囲を傷つけるのは好ましくないけれど、大人になった由布子さんは、あなたの生き方も容認できるのではないかな」

「由布子にとっての私は、母以外のものではないはずです。私の心の中がどんなことになっているかなど、考えないです」

「由布子さんも一途な人のようだが、それはあなたの血ですね。とりあえず、一人で生きるということまで決まったのだから、納得のゆくような選択をしてください。そして必要なときはためらわずに連絡をください。できることは何でも応援します。私はいつまでも待っていますよ。まだ返事は受け取っていないですから」

「……」

「ただお願いがあります。

行方不明にならないでほしい。どこにいても、所在だけは知らせてほしい。決して追いかけたりはしないから。あなたが無事に暮らしていることを知っていたい。

これだけは誓ってください」

田村自身はアジアのどこか、美智子は知らせてもらっても分からないところに行ってしまう。スマホの中だけにつながりがある。

勝手なもので、美智子は急に寂しさに襲われた。

縁を切るような強いことが望ましいのかもしれないけれど、それほどの決断が今はできない……

「ありがとうございます」

「一度どこかに出かけませんか。楽しい思い出を一つくらい残しておきたい。行ってみたいところはありますか」

美智子は首を振った。田舎への往復以外、旅をしたことはない。

「海と山とどちらが好きですか」

「海はめったに見たことがありません」

「ああ、そうですよね。任せてもらっていいですか。美しい海を探します」

美智子はうなずいた。

美智子にとって、海はいつも憧れの場所だった。

海に沈む夕日

美智子は一番大きなショルダーバッグを持った。

ちょっと出かけるだけ。田村と海を見に行くことを、特別なことに考えないようにした。いろんなこととの区切りだし、一つくらい楽しい思い出を残したいくらいに。

田村もブルーのジャケット姿だった。

「この車も乗り納めです。このドライブが終わったら処分します。マンションは会社が借り上げ社宅に使ってくれるというので残すけれど」

この人は日本には何も残さないつもりなのだ……

田村にとっても区切りの旅なのかもしれない。

都心を出て高速道路を飛ばしたが田村の運転はとても穏やかだ。

「優しい運転をされるのですね」

うん？というように美智子を見た。

「友人のご主人は、普段穏やかな人なのに、ハンドルを握ると狂暴になるって言ってました。そう言うことよく聞きます」

美智子は笑いながら言った。孝介もスピード狂の気がある……

「ああ、今日は隣りにあなたが居るからご機嫌です。それに急ぐ旅でもないし、渋滞も少ないし、良いことづくめだ」

田村の言葉に美智子の背筋が弛緩したように温かくなる。

一般道に降りて車の数も減り風景も変わってきた。

両側を樹木に囲まれた道を走っていると、古民家のような建物に「お休み処」とのぼりが立っていた。

「この辺りで少しお腹に入れて行こうか。どうですか？」

途中のサービスエリアでコーヒーを飲んだきりだった。

中に入り、壁の張り紙から山菜そばを注文した。地元の山菜がたっぷりで長薯も入っていた。

「美味しい……」

「夜はもっとうまいものが食べられるよ」

食事を終えて出ようとしたときに、店の半分は販売コーナーになっているのに気づいた。地元の野菜が小分けにして並べられている。車で来る人には手ごろなお土産になるのだろう。昼過ぎの今、野菜の箱はどれも残り少なくなっていた。

孝介もこうして野菜を作って出荷しているのだろう。あの人は四時には起きて仕事を始める。今では由布子が一緒に居る……

「あなたの作品も売り物になっている」

田村が興味深そうに手に取ったのは蔓で編んだ篭だった。

「良い値が付いている」

確かに山から蔓を取ってきて編めるように細工するまでの下ごしらえは手間がかかる。

それを売り物にできるように編むには熟練の技も必要だろう。

でも、それが実現している……

田舎にいた時みんなで浮かれて商売を始めようと言ったけれど、長老格のトシさんに「ろくでもないことを考えて村に居られなくなったもんがある」と言われたことを思い出した。

今ではそれが可能な時代になったということか。

由布子からのたよりでは、女たちが先になって花の栽培を始めたとあった。

あれから長い月日が過ぎたことを思う。

私はというと、こんな遠くまで運ばれてきてしまった。

濃い緑の山々を抜けると、目の前に海が広がった。カーブして次に現れる海は別の風景になっている。水平線まで海の色は、青が帯のように重なっては広がっていた。

このままどこまでも走り続けられたらいいのに……

宿は山の中腹で、案内された部屋からは、駿河湾が一望できた。

陽は傾き始めていて、周囲の雲は茜色に染まっていた。

遠くに半島が突き出ていて、島も見える。

そのほかは、すべて海だった。

毎日海を見て暮らせたらどんなに幸せだろうと美智子は思った。

季節でも、一日の中でも、常に変わる海を見ていられたら、心の中の小さなしこりなど、すべて洗い流してくれそうな気がする。

美智子は手すりに身を寄せて、目の前に広がる海を眺めた。

田村が板の間の扉を押したら、露天風呂に通じていた。木製の湯船の中にかけ流しの湯がとうとうと流れている。表面に立つ柔らかい湯気が、周囲の景色をぼんやりと淡くしていた。

「おっ、露天風呂だ、入ろう」

田村は、運転の疲れも忘れたように、急に元気な声を出した。

「いえ、私は……お一人でどうぞ……」

「何をいまさら、さあ」

田村は浴衣に着替え、戸口を押して入っていった。

あふれ出た湯が勢いよく流れてゆく。

そう、何をいまさらだ。五十近い女の体は、臆するものでもないだろう。

美智子も浴衣に着替えて湯殿に向かった。

裸になり手桶でかけ湯をして、失礼と言いながら湯船に入った。

そのとたん、美智子の目は西に傾いた太陽にくぎづけになった。一面の夕焼け、太陽からの赤い光の帯が、海面をまっすぐ、こちらへ向かって伸びてきている。美智子は湯船のへりに取り付いたまま、我を忘れていた。

夕日が少しずつ沈んでゆくのが分かる。周囲の雲の色も白と赤が混じり、そこへ黒い影も加わって、刻々と変化してゆく。

厚い雲の上辺はまだ白く、そこから始まる凹凸の段はオレンジ色や紅色が競い合うように潜り込もうとしている。その色さえも、やがて追いかけてくる濃いグレーに塗り込められそうだ。見ているだけで気持ちが泡立つ。

ときおり草木がこすれ合う音、遠くでピーと鋭く鳴く鳥の声が、湯の流れの中に取り込まれてゆく。

太陽は静かに水平線に接し、形を変え、線香花火の最後のように突然消えた。

不意に辺りの光が薄くなった。

後ろから田村の腕が美智子を抱えた。

「僕がいることを忘れていたでしょう」

「あっ」

美智子は本当に、我をさえ忘れていたのだから……

田村は笑いながら美智子に口づけをした。

「良い眺めだった。さあ、うまいさかなを食べに行こう」

田村は美智子を解放して立ち上がった。裸の体が夕闇の中を歩いていった。

レストランからの夜の海は群青色に光って見えた。遠くの小さな灯は航海中の船からのようだ。半島にもいくつか灯りが見える。

海の幸はどれも新鮮で美味しかった。

「今日の露天風呂は楽しかった」

「ええ、夕日が沈む風景はきれいでした。お天気に恵まれて幸運でした。あんなに長い時間ずっと海を眺めていられたなんて、夢みたいです」

「僕はもっと良いものを見た」

美智子が、えっという表情をした。

「あなたの乳房です」

「夕日を見ていたのではないのですか」

「もちろん夕日も見ていた。でも、夕日に感激しているあなたを見ていた」

「やっぱり入らなければ良かった……」

あの時はどこにいるのかも、誰といるのかもみんな忘れていた。

あの、刻々と変化する大自然の中で、小さな自分を感じていた。

「僕がいたことだって忘れていたのでしょう」

「ごめんなさい、夕日だけに夢中になっていました」

「僕より夕日に魅了されていたのだから、罰です。僕は十分にあなたの体を堪能した」

美智子は湯船の先端まで進み、横座りになって遠くを見ていた。

田村は、湯から出ているなだらかな肩と、ねじれて丸みを持った腰と、足の裏を見ていた。美智子が手の届くところにいる。田村の感動はそれだけだった。

「良いお風呂だった。めったにない風景だった」


その夜、田村は美智子のすべてをはぎ取り、胸の中に抱え込んだ。

「とうとう捕まえた……」

田村はその言葉を繰り返した。唇を押し開け、舌を絡ませてからも言った。

「とうとう」という言葉は、美智子の胸の中からも湧き上がるものだった。

長い歳月の間、田村の胸に寄りかかりたいと何度か思った。

東京で一人暮らすことが、何の意味も持たないと悟ってからなおさらだった。

それでも、上司と部下の立場、それぞれの家族、そしてもう若くはない男と女のかかわり方などが、あと一歩のところで立ち止まらせてきたのだった。

「とうとう」と言われるたびに涙があふれた。

田村はそれも唇で拭った。

「今日僕が見つけた一番のお気に入り」

田村は笑いながらそう言い、美智子の乳房を捕まえた。

美智子も笑いながら身をよじった。

「私、若いときからAカップなんです、豊満にはならなかった」

田村は手のひらで美智子の乳房をすっぽりと覆った。

「お椀を伏せたような丸い形がとても良い」

そんな褒め言葉を聞いただけで、美智子の体が柔らかくなる。

「小さな乳首が上品でかわいい。乳首と周りが美しい桜貝の色をしている」

両方の乳房を丁寧に愛撫した。

乳首が驚いたように固くなり、尖った。

堅くなった粒を面白がるように舌で転がす。

乳首から胸にかけて、痺れるような快感が走り思わず声が漏れる。

田村の手のひらが、美智子の肌に吸い付くようにして動く。

園芸講習会のあと、田村の手に初めて触れた時の、あの温かくて柔らかい感触が体中を撫で回し掴む。

お腹から下って、繁みを分け入った指が中心を探った。溢れるほどに潤っている。

「素直な体だ、準備がすっかり整っている」

田村がゆっくりと重なり、先端でふさいだまま入れようとしない。深い呼吸が聞こえる。

「どうしたの？」

「十年分だよ。十年待った分を味わうんだ」

腰を動かして少し進ませる。舌を絡ませる。また少し進む。乳房を掴み、痛いほどに乳首をつまんだ。

そのたびに美智子のどこかが痺れ、我慢できなくなる。

「ねえ、こんなのおかしい……」

「いや、これでやっと半分、五年分」

田村は笑いながら、耳たぶを噛んだ。頭の中が空っぽになる。

体が焦れてくる。熱い、お腹も胸も頭も何もかも、私はどこかへ行ってしまう……

「これで八年分」

美智子の頭を抱えて額をつけてきた。

「もういや！　待てない……」

「僕は待った……」

耳のすぐ近くで言われた。熱い息がかかる。

「まだ、待っている」

と、激しく突いた。

「今だよ。十年分の今」

十年分の思い……

「全部捕まえたよ」

──いっぱいになった……

──もっと……

──足りない……

美智子の体は、留めようもなく溶けていった。

長崎への旅

美智子の住まいから、そう遠くないところに、介護施設ができて新聞に入居者募集のチラシが入っていた。

休みの日に買い物がてら回ってみた。五階建てのマンションのような建物がL字型に二棟あった。落ち着いたダークグリーンの外壁でまだ人気がないのか静かだった。

チラシの下の方に「介護職員募集」の欄もあったので、見ておきたいと思ったのだ。もし働く気持ちになったら面接など申し込んだりできるのだろうか。

本気で十五年か二十年働くなら、何か資格を手にしたい。ハローワークに行ったらそういう相談も乗ってくれるのだろうか。先に資格を取ってから仕事を見つけるのと、見習いのように働きながら資格を取る方法もあるのか。今からでも取れる資格があるか。

花屋で編んだ篭などは趣味にはなるが生活をするのは無理だろうか。

食べるために仕事をするが、そのほかにも、何か人の役に立つ仕事をしたい。

高校で手話やハンドタッチのボランティアをしたけれど、そういうものは役に立たないだろうか。

とりあえず今の職場に退職届を出す前に、先のことをいろいろ調べてみる必要がある。

美智子の利用している駅のコンコースに、観光案内所があった。

ガラス越しに見ると、客はおらず、カウンターの向こうにアロハ柄のユニフォームらしきシャツを着た人が二人並んでいた。

ドアを押すと、顔を上げた男性と目が合った。

「少し伺いたいことがあるのですが」

美智子の言葉に、おかけくださいと椅子を示した。

目の前の若者が穏やかな表情だったので、意を決して話し始めた。

旅行に行ったことはないし、まして一人旅の経験もないのだが、行ってみたいところがある。でも、日程を立てたり、コースを考えたりしたことがない。切符を買うことや、宿を探して予約することも経験がない。何も分からなくて行先だけがあるのだと言った。

若者は呆れるかと思ったのだが、静かに話を聞きうなずいた。

「大丈夫ですよ、そういうことをお手伝いするのが私どもの仕事ですから、ご満足できる旅行プランをお立てします。今はツアーが少なくなっていますから、一人旅の方が動きやすいです」

気負って来た分、力が抜けたようになった。

美智子の思いは、田村が旅先で話してくれたことから生まれた。

田村は、国内なら、もう一度行ってみたいところが二つあると。

一つは北海道のカトリックの男子修道院で、学生のころ仲間と行った。

修道士として入ったら、俗世界に戻ることはない、一生その中で過ごす。旅行の計画を立てたが、行くまではそんなところには一日だって耐えられないとみんなで言い合った。ところが行ってからは考えが変わった。周囲の山の連なり、広々とした牧場や畑、その中で自給自足の生活をしている修道士たちの屈託のない明るさに胸を打たれた。人が生きるのに本当に大切なものは何かを、改めて考える機会になった。

会社勤めをするようになって、行き詰まったときなど、あの修道院を思い出す。人間の生き方は一つではないと己に言い聞かせることになる。

もう一つは九州の島だという。

どこからでも海が見え、風景が違う。穏やかな暮らしがあって自然の音に包まれている。

江戸時代、キリスト教が禁教になった時に信徒たちが逃れて密かに信仰を守った隠れ切支丹の島々だ。禁教令が解かれたあとに、村の人たちが自分たちの力で建てて、今も守っている教会に出合えるのだそうだ。

田村が訪れた時に、そこの教会の一つでたまたまミサが始まる時間だった。聖堂でミサの準備をしていた人に、自分が信者であることを話し、一緒にミサに与らせてもらえないかと頼んだ。

東京からの信徒さんが来られたと村の人たちは温かく迎え入れてくれた。その上、その日の聖書朗読をしてくれないかと言われた。少し驚いたが、もちろん引き受け、ミサの中でその日の聖書箇所を朗読した。まるで村人の仲間入りをさせてもらったようで気持ちが和んだと。

歳を取ったらあんなところで暮らせたらいいなと思うことがある。

田村の話を聞いて、美智子はそこへ行ってみたいと強く思った。

大好きな海があるところ、そこに教会がある。

高校の修学旅行で、出合った教会の静けさをもう一度味わってみたいと思ったのだ。

羽田空港は、搭乗口から先は初めてだったし、それからのことはすべて知らないことばかりだった。長崎の五島へ行くのに、航空券が福岡空港なのにも驚いた。

乗り継いで、福江空港に降りてからは、すべてスケジュールを作ってくれた青年の指示通りにした。タクシーに乗り、船に乗り、バスに乗り……コース案内は、かゆいところに手が届くほど綿密に立てられていた。

何よりも初めに、田村の話の教会を訪ねることにした。目的地へはタクシーを頼んだ。下りたところに教会の立て札があり、矢印が坂の上の方を向いていた。幅は車が通れるほど広いが、勾配はかなりある。

坂の上を見上げると、十字架の尖塔が見えた。

ゆっくりと上っていった。お年寄りにはきついかもしれない。でも、この坂を上がるから達者でいられるともいえるか。

教会は焦げ茶色のレンガが積まれたような建物で、重々しく静かだった。

入り口の脇に、手を広げて立つマリア像があった。

人影はなく、扉も閉っていた。美智子は建物の周囲をゆっくり一回りしてみた。側面は白い枠で囲まれた細長い窓が並んでいる。

別棟の建物もあったが同じレンガ造りで人気はなかった。

正面の広場に立つと山の中腹より下に家が並んでいるのが見える。

目の前に広がる海は、遠く近くに島影が並び、美しい風景だった。

美智子は石垣のそばに腰を下ろした。

田村と一緒に来たかったと、心底思った。五島についても教会についてもいろいろな話を聞くことができただろう。

静かで美しい海、人影の少ないゆっくりとした風景。

そして田舎には珍しいモダンな雰囲気のあるレンガの教会。

遠くの山の中の教会も見える。これらの教会があってこそ、優しさがあるのだろう。

目をつぶって、田村が隣に居ることを感じてみた。

出会いからのことを思い返す。

種苗会社の講習会の初めのころは気難しかった。植物や土に触れることで様子が変わっていったのだろう。

美智子が就職してからはいつも気配りを受けていたように思う。

好意を寄せていることをためらいもなく言葉にした。美智子はそれにあおられたのだろうか。まれにしか会えなかったけれど、会った時はそれまでの空間を埋め尽くすほどの温かさに覆われた。

そんな日が十五年近くも続いた後、区切りの旅をしたのだった。

あの時の「とうとう捕まえた」という田村の言葉は、美智子にとっても同じだった。それだけの年月、待っていたのだと、抱かれてから分かった。

男と女が一体となるのは、あのようなつながり方をいうのか。

田村の熱が波紋のように広がり指の先端まで美智子を満たした。

人が初めに形作られたときは、あのように一体ではなかったのか。

それを味わったあとの別れは、予想以上に強烈な区切りとなった。


人の気配がした。上がってきたのは修道女だった。

目が合うと、ようこそというように笑顔で会釈をしてくれた。

お参りですかと聞かれた。

美智子はお参りに来たのではないと分かっていた。それでもただの観光でもないと、知ってほしい気がした。

知り合いが五島を巡った中で一番好きな教会だったと話してくれたので、一度来てみたかったと。

修道女は何度もうなずきながら美智子の話を聞いてくれた。

そして自分のことも話してくれた。島の生まれで、そのころは修道院に入る人も多かった。姉も修道女になったそうだ。

「島から神父様が出るのがめでたくてね。その時は大喜びでした」

五島出身の司祭は今でも多いそうだ。

修道女になる勉強のため、長崎や福岡の修道院まで行った。

「東京にも行きましたよ。まあ、ぴかぴかで賑やかだった」

東京の修道院は全国から大勢の修道女が来ていて交流した。

日本全国だけでなく、海外に派遣された人もいた。

教会のそばに建つ修道院は、以前は修道女の住まいだったが、ほかに巡礼団の受け入れもしていた。食事と寝るところを提供していたのだそうだ。

巡礼団は司祭が同行することが多い。

「一緒に来られた神父さんがミサを立てられるのですよ。私らはミサの準備をお手伝いします。それで一緒にミサに与らせていただけるのです。いつもと違う神父様のミサに与れて、それも良かったですよ」

修道女はいたずらっ子のような笑みを浮かべた。いろんなことを楽しい方に思える人なのだな……

田村もここに泊まったのかもしれない……

「もう、宿泊者は受け入れないのですか?」

「長崎と潜伏キリシタンの世界遺産」の候補になったころから変わってきたようだ。キリスト教徒がお参りに来るのではなく、珍しい建造物を見物する観光客の方が多くなった。

司祭が同行するいわゆる巡礼団ではなく、珍しい建物を見学するだけで、教会建築の内部の仕組みにも関心を寄せることは少ない。

以前はどの教会も開いていて自由に入ることができた。教会は祈るためにあるから、誰でも、いつでも、祈りたいときに入れる場所だったのだ。今は施錠されているところが多いそうだ。祈りの場とはなっていないということか。

修道女の数も減り、修道院としての役目は終えたが、介護施設などになっているところが多いという。もともと、修道院は養護施設や身寄りのない女性の世話をしていた。その続きのように介護施設や老人ホームができたようだ。

修道女は美智子に、今日はどこに泊まるかと聞いた。

中通島のホテルだと答えると、にっこりほほ笑んで言った。

「明日は土曜日で、夕方六時から、神父様が来られてミサがあります。良かったら来られませんか」

美智子がためらっていると、神様は誰のことでも気にかけてくださっていますよ。こちらが神様の方を向いているかどうかおかまいなくねと、言う。

どういうことなのだろうか……

「遠くから教会を訪ねてこられて、ミサに与られたら、神父様も神様も喜ばれますよ」

美智子は明日、訪れることを約束して、坂道を下った。

翌日の夕方、教会の坂を上がると、何人かの気配があった。高齢の人が多く、美智子を見ると会釈をする。不思議に思ったがそういうものなのかと会釈を返した。

修道女が、美智子のことを話してくれたのかもしれない。

やがて昨日の修道女が上がってきて、手招きをした。

「さあ、入りましょう」

ためらいながら聖堂に入り、隅の席に腰を下ろし、周囲を見回して息を飲んだ。

外の暗いレンガ造りからは想像もつかないほど、聖堂内は明るかった。白い壁が天井まで続いていたのだ。壁は茶色の細い木に囲まれるようにして丸みをおび、天井の頂点に集まっていた。美智子は両手の指を合わせ、卵を抱くような形にしてみた。壁はそんな形に見える。

ガラス窓が、長方形や丸い形でくり抜かれている。ステンドグラスというのだろうか。都会で見かける切り絵のようではない。色とりどりの柔らかい幾何学模様や花びらの形が組み合わされている。その窓からは夕闇の光と室内の灯りが混じり合って見える。

みながそれぞれの席に着いたころ、黒いスモックのような服にケープのような白服を重ねた小学生くらいの少年二人が入ってきた。後ろから祭服を着た司祭が続いた。十人くらいいた信徒が立ち上がった。美智子はそれに倣い、その後も周囲の人と同じように、立ったり座ったりした。人々の所作は日常の家事や生活の続きなのだろう。のびやかで自然だった。

途中で司祭が前に立ち、みんなはその前に列を作って並び、パンのようなものを渡されて口に入れていた。隣に座っていた修道女が美智子に立つように促した。そして列の最後に並ばせた。参加した人は並ばなくてはいけないのかと従った。

美智子が司祭の前になった。

後ろから「祝福を」と修道女が言った。

司祭は指で美智子の額に十字の印をつけた。

「父と子と聖霊のみ名によって、神様の祝福がありますように」

司祭の言葉と共に、大きな掌が美智子の頭を柔らかく包んだ。

すべての所作が終わり、司祭は少年たちに先導されて退出した。

続けて祈る人があるようで、聖堂はまた静けさのままになった。

美智子は司祭の前に立った時の温かさや安らぎを思い返した。

この人たちはそういうものを持って暮らしているのだろう。

田村も……

美智子には分からない感覚の中で生きているということなのかもしれない。

分からない人ということで、田村と区切りがつけられるか。

分かるようになりたいか。

聖堂を出るときに、奥へ向かって深く頭を下げた。

今は分からなくても、何かを受け取ったのかもしれない。

そのことを大切にしたいと思った。

司祭館から修道女が出てきた。

「迎えのタクシーを呼びましたよ」

「ありがとうございました。いつか、またこちらに伺いたいと思います」

「いつでもどうぞ。この聖堂はずっとここにあります。神様はいつも待っておられますよ」

修道女の笑顔は夕闇の中で優しかった。

ホテルまでの道に行き交う車はなかった。

出航

翌朝は早めにチェックアウトして福江港に向かった。ここから佐世保まで船で行くコースになっている。

船は大きくてスマートだった。百人近く乗れるのだろうか、観光客もいたが仕事や用事の人が多かった。

風もなく空は晴れ渡っていた。青いきれいな海の水が船の周りで勢いよく白波を立てる。港が離れてゆくのがちょっと切なかった。それでも次々に島が現れる。畑や家並みが見えることもあるが、緑のこんもりとした形の良い島だった。

中腹や高台に、教会が見えることがある。あんなに高いところまでどのように資材を運んだのかと不思議に思ったが、信徒たちが自ら運んだという。つましい生活から費用を貯め、手数も提供した。追われて逃げてきたキリシタンに平地は残っておらず、山に住むより仕方がなかった。そこに心の拠りどころとなる教会も建てたのか。

美智子は昨日、昼間の時間を利用して、手軽な教会巡りのツアーに参加した。そこで教会を作った苦労を知ったのだった。巡った教会はどこも美しかった。古いのによく手入れがされている。レンガ色、白い壁、灰色の瓦。それぞれに趣向があった。

船は岸壁に立つ大きなマリア像の近くを通った。航海の安全を見守るのだそうだ。像とはいえ、海にさらされて立っているのは酷な話だと思った。しかし通り過ぎる船は無事を祈って行きも帰りも十字を切るという。どれだけの人の支えになっていることか。

この船の安全も見守ってくれているのだろう。

人はそれぞれの場で、懸命に生きているのだ。

裏返せば、人はどこででも生きられるということだ。

修道女は最近のホームの入居者は、地元より、九州本土からが多いと言っていた。そして関西方面からも、海を眺めて暮らしたいという人が来る。夫婦で東京から移ってきた人たちもいるそうだ。

「私たちも、今は介護のお仕事をさせていただいていますが、そのうちお世話になる方へ回ることになります。そう分かっているので、先の心配は何もありません。福江島には大きな病院もありますからね。死んだら神父様が葬儀をしてくださいます。教会の墓地には、誰でも入れる共同墓地が用意されています。もちろん墓地を買われる方もありますが、遠くから親族の方のお参りを期待するのは無理でしょう。

霊魂は神様のところですから地上のことは気になりませんね」

修道女の話を聞きながら、こうした考えなので、明るく暮らしていられるのかと思った。

東京に戻って、生活を立て直そう。

自分で動かなければだめだ。

仕事をしながら、有利な資格を取るようチャレンジしよう。

ふと、十年後の自分をこの海のそばに置くことも考えた。

どこにいても充実した生き方ができる自分になりたい。

それまでの時間を大切に使おう。

広々とした海の向こうに、佐世保港が見えてきた。

完

【著者紹介】
須賀　渚
神奈川県生まれ
横浜国立大学卒
カネボウミセス童話大賞優秀賞受賞「エミのかおが、きえた」
第13回読売「女性ヒューマン・ドキュメンタリー大賞」カネボウスペシャル入選「ダウンタウンへ」
ミスタードーナツ創業二十五周年記念誌大賞受賞「からっぽのコーヒーカップ」
DIY創作子どもの本大賞佳作「夏休みの前と後」

いつか海《うみ》の見《み》える街《まち》へ

2023年2月15日　第1刷発行

著　者　　須賀渚
発行人　　久保田貴幸

発行元　　株式会社 幻冬舎メディアコンサルティング
〒151-0051　東京都渋谷区千駄ヶ谷4-9-7
電話　03-5411-6440（編集）

発売元　　株式会社 幻冬舎
〒151-0051　東京都渋谷区千駄ヶ谷4-9-7
電話　03-5411-6222（営業）

印刷・製本　中央精版印刷株式会社
装　丁　　都築陽

検印廃止

ISBN 978-4-344-94336-0 C0093
幻冬舎メディアコンサルティングＨＰ
https://www.gentosha-mc.com/

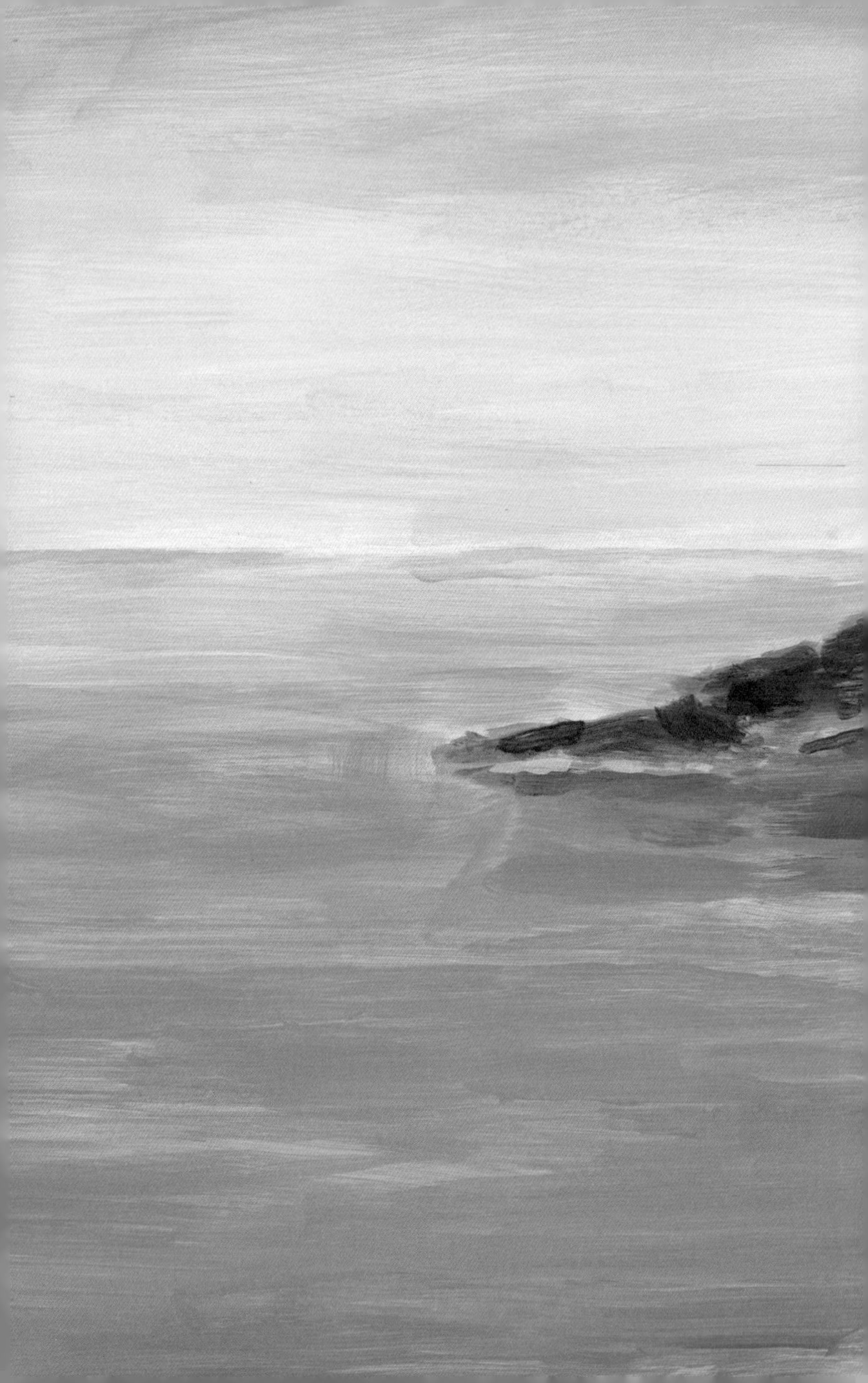